縛

王子の狂愛、囚われの姫君

乙蜜ミルキィ文庫

縛

王子の狂愛、囚われの姫君

目次

門扉	赤い糸	5
一階	鳥籠	16
二階	振り子	62
三階	鸛	111
四階	重しつき首枷	155
五階	運命の輪	184
六階	ヴァイオリン	254
塔の外	ユダの揺りかご	270
あとがき		288

〈参考文献〉拘束少女絵巻（株式会社一迅社／2011年刊）

門扉　赤い糸

北の方角から、涼しい風が吹いてくる。

それを全身に受けながら走るエルシィは、笑った。そんなエルシィの笑いを受けたように秋の草が、舞い落ちる葉が風に吹かれてさわさわと揺れる。空にぽつぽつと浮かぶ雲が、形を変える。

エルシィは笑いながら振り返り、視界に入った金の輝きに目をすがめた。

「ルードヴィーグ、早く！　こっちよ！」

「エルシィ……！」

金色の輝き——その見事な金髪を揺らして走るルードヴィーグは、叫んだ。

「もうちょっと、ゆっくり走ってよ。追いつけないよ」

「だめよ、のろのろしてたらお陽《ひ》さまが沈んじゃう！」

エルシィは声をあげると握りしめたルードヴィーグの手を取り直し、再び陽のほうに向かって走り出す。

「お陽さまの沈む前の、一番きれいなところを見るんだから！」

「待って、待ってよ！　エルシィ！」

必死に追いかけてくるルードヴィーグの声に、なおも笑い声をあげながら、エルシィは走る。その小さな足は、崖《がけ》の縁まで一気に駆けると、止まった。

「エルシィ……」

「ほら、見て」

眩《まぶ》しい光を指さしながら、エルシィはため息をついた。

「素晴らしい紅《くれない》……陽が沈む寸前にしか、これは見られないのよ」

「エルシィの、髪みたいだ」

はぁ、とルードヴィーグは息を吐きながら、それでもその視線はエルシィの指さす夕陽に奪われている。彼は、言った。

「エルシィの、きれいなきれいな赤い髪」

「やだ。きれいな髪っていうのは、ルードヴィーグの髪のような色を言うんだわ」

エルシィは、自分の頬《ほお》が熱くなっていくのを感じながら声をあげた。

「いいや。エルシィの髪は、きれいだ。目の色もね。このお陽さまもきれいだけれど、エルシィには敵《かな》わない」

「ルードヴィーグ……」

彼は、もう息を切らしてはいなかった。彼の手は、肩を少し越した長さのエルシィの髪に触れている。まるで磨かれた宝石でも見つめるように、目を細めている。

「ルードヴィーグって、変」

そんなルードヴィーグの仕草が、表情がくすぐったくて、エルシィは早口に言った。

「きれいなのは、金髪に決まってるわ。お母さまも、お姉さまも、いつもルードヴィーグの金の髪はうつくしいっておっしゃってるもの」

困ったように、ルードヴィーグは肩をすくめた。

「でも僕の目には、エルシィのきらきら光る宝石みたいな、この夕陽みたいな髪がきれいだって思える……」

その手は、なおもエルシィの髪をもてあそんでいる。彼はひと房を取って、くちづけた。彼の唇《くちびる》が自分の髪に触れているのは、なにやら神々しい光景で。しかしこの赤毛がうつくしいなんて——ルードヴィーグって、やっぱり変！　彼は夕陽と、エルシィの髪を交互に見つめては、眩しそうに目をすがめた。

「エルシィだって、この夕陽がうつくしいって思うんだろう？」

「ええ。……夕陽は、うつくしいわ」

慎重に、エルシィは言った。

「でも、わたしの髪の色と似てるなんて、思わないわ。だって、夕陽の色はあんなに赤くて……燃えてるみたいなんですもの」

「エルシィの髪だって、燃えてるみたいな色だ」

なおも、エルシィの髪を愛《め》でるように撫《な》でながら、ルードヴィーグは言う。

「一日の終わりの、一番きれいな色」

「ルードヴィーグ……」

返事に困って、呻《うめ》くようにエルシィは彼の名を呼んだ。

「燃えるようにうつくしい、僕の姫《ひめ》」

ルードヴィーグは、うたうがごとくにそう言った。歌は、エルシィの専売特許なのに。ともすればエルシィよりもうつくしい声で、ルードヴィーグは言葉を続ける。

「炎のように艶《つや》やかな髪と、光り輝く黄金色の瞳《ひとみ》。なめらかな白い肌《はだ》に、薔薇色《ばらいろ》の唇……」

「ああ、やめて！　ルードヴィーグ！」

エルシィは思わず、悲鳴をあげた。心の臓がどきどきする。跳ねて、口から飛び出してしまいそうだ。

「やめて……恥ずかしいわ」

「恥ずかしがってるところも、かわいいよ」

なおもエルシィを、羞恥《しゅうち》の沼に突《つ》き落とすような笑顔でルードヴィーグは言った。

「笑ってるところも、怒ってるところも。喜んでいるところも、恥ずかしがっているところも。きみの、どんなところも愛してる」

いつもは言わないことを、ルードヴィーグは言った。彼は、いったいどうしたのだろう。愛していると言われて嬉《うれ》しいのはもちろんだけれど、今日の彼はいつもとは違って感じられる。

ルードヴィーグ、と彼の名を呼びかけたエルシィの唇に、そっと温かいものが触れる。優しく押しつけられて、エルシィの肩はびくんと震えた。

「……ん、っ……」

互いの唇を触れ合わせるだけの、淡いくちづけ。心の臓が痛いほどにどくどくと鳴って、今度こそ本当に飛び出してしまうだろう。

今のエルシィには、これが精いっぱいだった。そんな彼女のことをわかっているらしいルードヴィーグは、それだけで唇を離す。

自分の顔が真っ赤になっていることはわかっているし、ルードヴィーグもそれに気づいているだろう。ルードヴィーグはそれ以上エルシィに触れてこず、それにほっとすると同時に、少しさみしい気もした。

真っ赤な夕陽の射す、崖の上。さわさわと吹く風に髪とドレスの裾《すそ》をなびかせるエルシィの手を、ルードヴィーグがそっと取る。

彼の頬が少し赤くなっていることを、エルシィは見て取った。夕陽が当たっているから赤く見えるのだろうか。それとも本当に、彼は赤くなっているのだろうか。でも、どうして？

まるで壊れものに触れるような優しい力でエルシィの手を取ると、ルードヴィーグはもうひとつの手で懐《ふところ》を探った。

「ルードヴィーグ？」

彼が取り出したのは、エルシィの髪のような真っ赤な紐《ひも》だ。二の腕までほどの長さのあるそれは、夕陽に染まってますます赤く見えた。

「なに、それ？」

「こうするんだ」

彼は、その端を自分の左手の薬指に巻きつけた。何度もぐるぐると巻きつけて、簡単にはほどけなくなったあと、もう一方の端をエルシィの左手の薬指に巻く。こちらは優しく、緩く三重に巻いて、最後にきゅっと結び目が作られる。

「……なに、これ？」

エルシィは、再びそう尋ねた。聞かずともわかるような気がしたけれど、ルードヴィーグの口から、いったいこれがなんなのか教えてもらいたかったのだ。

「東のほうの国ではね」

ふたりの指をつないだ紐を、軽く引っ張りながらルードヴィーグは言った。

「運命の赤い糸って言葉があるんだ」

「運命の……？」

その言葉に、エルシィはどきりとする。その言葉が、ふたりをつなぐ特別な響きを持って聞こえたからだ。

「そう。生まれたときから、人には運命の相手がいて。その相手と、見えない赤い糸で結ばれてるんだって」

東のほうの国、と言われても、エルシィにはぴんとこない。世界は広くて、東にも、北にも南にもたくさんの国があって。家庭教師に学ぶ勉学の中には地理の授業もあったけれど、エルシィは言葉としてそれらを理解しても、実在を感じ取ることはなかった。自分の住む、アーレーシャン王国。隣国で、ルードヴィーグの住むセデルマク王国。実感として知っているのはそれくらいで、ほかの国々は、ただ名前と王都を覚えているだけだった。

「わたしたちも、そうなのかしら？」

きゅっと赤い糸を引くと、薬指に微《かす》かな痛みが走った。それが体の中に伝い、ふわりと温かい感覚が走り抜ける。結ばれている、という言葉が身の芯《しん》にまで沁《し》み渡った。

「わたしたちも、赤い糸で結ばれてるの？」

「きっとね」

言って、ルードヴィーグは笑った。彼の笑みは優しくうつくしく、夕陽の中に輝いて、エルシィはそれに見とれた。ルードヴィーグを見つめるエルシィに、彼はにっこりと温かく微笑《ほほえ》んだ。

「この糸は、永遠に切れない」

ふたりをつないだ紐を、軽く引っ張りながらルードヴィーグは言う。

「きみと僕が、どんなに遠く離れても……この糸は、つながってる。絶対に、切れることはない」

「ええ……、そうね」

彼に手を握られる感覚に酔《よ》いながら、エルシィはつぶやいた。

「ずっと、ずっと……つながってる。ふたりでひとつみたいにつながって……絶対に、あなたを見失うことはない」

「ああ」

ルードヴィーグは右手をまわしてきて、エルシィの背を抱いた。ぎゅっと抱きしめられて、彼の温《ぬく》もりが伝わってくる。それにぶるりと震えながら、エルシィはルードヴィーグの腕に身を任せる。

「ねぇ、エルシィ」

抱きしめながら、ルードヴィーグは言った。

「僕と……結婚してくれる？」

「け、っ……？」

ルードヴィーグの腕の中で、エルシィは思わず声を立てた。彼に抱かれたまま顔をあげて、ルードヴィーグの蒼《あお》い瞳を見つめる。そこにはエルシィの見たことがないほどの真摯《しんし》な色があって、エルシィは思わず固唾《かたず》を呑《の》む。

「結婚……？」

「ああ。僕は、早く大人になって……エルシィを、僕の妃《きさき》にしたい」

「妃……」

お互い、それぞれの国の王家に生まれた者だ。エルシィがルードヴィーグに嫁《とつ》ぐとなると、当然彼の『妃』になるわけだけれど。

「もちろん、父上と母上の許可をいただかなくてはいけない。エルシィの、父ぎみと母ぎみのも、ね」

エルシィを抱きしめる腕に力を込めて、ルードヴィーグは言った。

「でも、まずはきみの心を確かめておきたい。きみは……どう？　僕の、妃になってくれる？」

「……ええ」

驚いていたエルシィだったけれど、返事は素直に口から出た。目の前に、光景が浮かぶ。大人になったルードヴィーグとエルシィが、微笑み合っている。ふたりのまわりには、金色や赤の髪をした子供たちが走りまわっていて――彼の胸の中でエルシィはうなずき、するとルードヴィーグが小さく笑った。

「どうして笑うの？」

「エルシィが、かわいいから」

夕陽を追いかけていたエルシィに、必死になってついてきていた少年だとは思えない、まるで大人のようにルードヴィーグは言った。

「かわいくて……、食べちゃいたいくらい」

「やめて……ルードヴィーグ」

彼の腕の中で、エルシィはかあっと顔が熱くなるのがわかった。そんなエルシィを、ルードヴィーグはますます強く抱きしめてくる。

「大好きだよ、エルシィ」

少しずつ落ち始める夕陽の中、ルードヴィーグはささやく。

「僕の妃になって……？　ずっと、ずっと……僕と一緒にいて？」

「ええ……、ええ」

彼のささやきは燃える夕陽よりもうつくしい声となってエルシィの耳に届き、エルシィは大人になったふたりのまわりを子供が駆けまわる様子を思い浮かべながら、何度もうなずく。

「ずっと……一緒に、いるわ」

夕暮れの風は少し冷たくて、それでもルードヴィーグの腕に包まれていれば、そのようなことは平気だった。吹く風が、エルシィの赤の髪とドレスの裾を揺らす。その中で、ふたりはずっと抱き合っていた。

——それは、幼いころの約束。赤い紐でつながったのは、ふたりの心。

一階　鳥籠《とりかご》

騒々しい足音に、エルシィは思わず立ちあがった。

腰《こし》を覆《おお》う長さの緋色《ひいろ》の髪が、ふわりと揺れる。しかしそのようなことに構ってはいられなかった。目の前に現れたのは、銀色の鎧《よろい》をまとった騎士《きし》だ。息が荒いまま彼はエルシィたち、王家の一族の前にひざまずく。

「セデルマク王国の王族たちを、とらえました！」

「そうか」

低い声で言ったのは、王――エルシィの父だ。その座る玉座の隣、金細工の椅子《いす》の上で唇を噛《か》んだのは、王妃《おうひ》であるエルシィの母だ。

「決して、逃すことのないように。地下牢《ちかろう》につなぐのだ」

「御意《ぎょい》」

騎士は、黒い髪を振り乱して首肯した。その手が血に濡《ぬ》れていることに気づき、エルシィは背にぞっとしたものが走るのに気づく。

「して、王子は」

「……ルードヴィーグ王子は」

その名に、エルシィはびくりとする。足が震えて立っていられず、柔らかい椅子に倒れ込むように腰を下ろした。騎士は、顔を歪《ゆが》めた。

「王子のみ、行方《ゆくえ》が知れません」

エルシィは、ひゅっと息を呑む。ルードヴィーグ、と咽喉《のど》の奥でつぶやいた。

「恐らく、手引きをした者があるのではないかと。今、ほうぼうに使いをやって捜しておりますが」

「王子が生きていては、なににもならぬ！」

猛《たけ》った王が、片足を踏み鳴らす。その激しい音に、エルシィはびくりと身を震わせた。

「なにをおいても、捜し出すのだ……セデルマク王国を、根絶やしにしてくれる」

最初は、小さな争いだった。アーレーシャン王国と国境を接するセデルマク王国の村が、川の流れを変えたのだ。セデルマク王国は自分たちの畑により多く水が流れるようにし、アーレーシャン王国の村を干あがらせた。村は飢《う》え、子供たちが大勢死んだ。大人たちも食うものなく日干し同然で、そんな中、ひとりが王都に助けを求めたのだ。

その訴えを、王は聞き届けた。川の流れをもとに戻すようにとセデルマク王国側に発議した。しかし川の流れを変えたことでその村は潤い、その実りはセデルマク王国を益していた。セデルマク王は発議を拒否し、それがすべての始まりだった。

(あのときは……これほど大きな争いになるなんて、思わなかったのに)

両手をぎゅっと組んで、エルシィは唇を噛む。

(こんな……国中を揺るがす争いに、なんて。セデルマク王国の王族をとらえて……お父さまは、どうなさるおつもりなの)

予想はついた。しかし尋ねることは恐ろしく、エルシィはただ唇を噛んで、報告を持ってきた騎士を見つめるばかりだ。

(ルードヴィーグは……、ルードヴィーグは、どこに行ったの……?)

彼の行方が気掛かりだ。しかし一方で、彼がとらえられていないことにほっとする。このようなこと、父王には言えないけれど。

(無事に……逃げられているといいのだけれど。お願い、どうかつかまらずに、どこかに逃げて……)

左手の薬指を、そっと撫でた。この争いで、ふたりの婚約は破棄された。嵌《は》められていた指輪はもうなく、赤い紐もない。あのときの約束は、叶《かな》えられないけれど。それでもルードヴィーグが無事でいてくれるのなら、それでいい。

「王子は、行方知れず、と……」

呻くように、王は言った。

「よかろう。ならば、見せしめてやろう。出てこざるを得ないようにしてくれよう」

王は立ちあがる。そしてかたわらに控えてい侍従《じじゅう》に、声をあげた。

「皆を集めよ。合議だ。セデルマク王族を、いかに処するか」

ぶるり、と大きくエルシィは震えた。それは王を中心とした合議で、なにが決定されるのか――それを予感してのわななきだったのかもしれない。

まわりが、にわかに騒がしくなる。怒号、絶叫、喚声、大喊《たいかん》。そのただ中にあって、両手を組んだままエルシィはがたがたと震えていた。この先、なにが起こるのか――セデルマク王国はどうなるのか、ルードヴィーグはどうなってしまうのか。

エルシィは、ただ祈っていた。これ以上恐ろしいことが起こりませんように。隣国を滅ぼすような、そのような大変事にはなりませんように――エルシィには、ただ祈ることしかできなかった。

□

月のない夜だった。

毎日の合議が終わり、今日の食事は特に重い空気の中で行われた。食べたものの味もわからないまま夜を迎え、エルシィは侍女の手で夜着を着つけられていた。窓から入ってくる風は生ぬるく、まとわりつく空気が気味悪い。

「いやな夜ね」

エルシィが言うと、侍女は肯定の返事をした。彼女も気味悪そうに、窓の外を見やっている。

窓の硝子《ガラス》には、エルシィの姿が映っていた。豊かに長い、夕陽色の髪。白い顔に、大きな金色の瞳。細い体を夜着が包んで、この姿をうつくしいと言ってくれた人のことを思い出す。ルードヴィーグ——両親の前では言えないけれど、彼の無事を祈らずにはいられない。

「月のない夜には、悪事が蔓延《はびこ》ると申します」

侍女は、不吉な声音でそう言った。

「エルシィさま、お気をつけて」

「なにを気をつけるっていうの？　この、城の中で」

小さく、エルシィは笑った。

「部屋のまわりは衛兵が守ってくれているし、王城の守備は十重《とえ》二十重《はたえ》よ。中にいるかぎり、危険なことなんてなにもないわ」

「それも、そうですわね」

侍女は肩をすくめ、エルシィはまた笑う。

「もう、寝るわ。おまえたちも、お下がり」

おやすみなさいませ、と侍女たちが揃《そろ》って頭を下げる。蠟燭《ろうそく》が吹き消され、すると部屋は一面の闇《やみ》に包まれた。

(闇夜には、悪事が……)

ごくり、と息を呑む。悪事ではない、あれは正当な、国としての判断だったのだ。

セデルマク王国の王と王妃はとらえられ、今日処刑された。時計がちょうど十二時を指した真昼の太陽の下で、ギロチンに首を落とされた。その光景を思い出し、エルシィは掛布の中で身を震わせた。

王女として、毅然《きぜん》と敵国の行く末を見届けなくてはならない——そう言い聞かされていたものの、血しぶきが飛んだ瞬間には声をあげずにはいられなかった。目をつぶると、いやでもあのときの光景が蘇る。

しかもふたりは、幼いころからエルシィをかわいがってくれていた隣国の王と王妃だ。彼らが命を落とす瞬間に、どうして動揺せずにいられよう——エルシィは、また身を震わせた。

静まりかえった部屋、ひたひたと迫る闇の中で、エルシィは眠れそうになかった。

侍女を呼んで、眠くなるまで話し相手でもさせようか。そう思って、体を起こしたときだった。

——かたん。

(な……に……?)

音がした。エルシィは、びくんと体を震わせる。もちろん窓から入ってくる風が、なにかを倒したのかもしれない。しかしエルシィはいやな予感に囚《とら》われて、身を捩《よじ》った。

「なに?」

思わず、声があがった。返事があれば、それは恐ろしいことなのに。しかし風のせいでなければ、部屋の扉を守っている衛兵《えいへい》の立てた音かもしれない。王女の眠りを妨げた、謝罪が返ってくるかもしれない。

「なに……、だ、れ……?」

「静かに」

エルシィの心臓が、どくんと跳ねた。確かに、誰かの声がした。素早く、足音を殺して近づいてくる人の気配——エルシィは口を塞《ふさ》がれ、思わずもがいた。

「な……、っ、……、っ……!」

しかし口を押さえる圧力は強く、エルシィは身動きをも封じられた。あげた声は、口に押しつけられたものに吸い取られてしまう。

「……っ、ん……ん、ん……！」

「暴れるんじゃない」

低い、小さな声がエルシィを抑えつけた。エルシィは息を呑み、振り返ろうとしたが後ろからとらえられていて、身動きができない。

「おとなしくしていれば、危害は加えない」

（……ルードヴィーグ）

威嚇《いかく》する声は、聞き慣れたもの――ルードヴィーグだ。その声に、エルシィは心底安堵《あんど》した。生きていた――生きていて、くれた。しかし同時にエルシィの意識は、今が異常な事態であることを認識する。

（あな、た……、が……、な、ぜ、……？）

ふっ、とルードヴィーグの吐息《といき》が耳もとにかかる。その熱さに、ぞくりとした。彼は、決意を秘めてここにやってきたのだ。それがエルシィにとってよくないものであることが、その吐息から感じられた。

「きみは、アーレーシャン王国の王女だ」

唸《うな》るような声で、ルードヴィーグは言った。

「きみを人質にすれば、どれほどの効果があるか。どれほど国に脅威を与えられるか。

こんな、油断していたのは得策じゃなかったね」

（……わ、たし、を……？）

口を塞がれているせいで、うまく話せない。振り返ろうとしても、体にまわされた腕に力が籠《こ》もって、身動きもできない。ひたり、と冷たいものが首筋に当てられた。

「ん、っ……！」

剣の刃だ。ルードヴィーグの両親の首を落としたギロチンの刃のように、よく研がれたものに違いない。彼が少し手を動かしただけで、エルシィの首の血の管が切られてしまうだろう。

「来てもらおう」

まとわりつくような声で、ルードヴィーグは言った。

「きみは、私の人質だ。刃向かえば……きみも、私の両親と同じことになる」

「……っ、……う……」

ぞくり、と全身が震え、指先までが温度をなくす。首に微かな痛みが走ったのは、ルードヴィーグの押し当てる刃が傷を作ったからなのかもしれない。首の筋を切られるのは、さらなる痛みを伴うだろう。そう思うと、エルシィの震えは大きくなった。

ルードヴィーグの手が、口から離れる。思わずほっと息をつき、しかしすぐに布がまわされた。頭の後ろで結び目が作られ、痛いほどに縛りあげられる。両手も後ろで

拘束《こうそく》されて、エルシィにできることはくぐもった呻きをあげることとだけだ。

「……、っ、……！」

首に当てられていた刃が、しゅっと空《くう》を切った。はっ、とエルシィが息を呑んだのと、ざくりという音がしたのは同時だった。

「これで、やつらも娘の危機がわかる」

髪を切られたのだ。ルードヴィーグは手にしたひと束を、まき散らすように寝台の上に投げ捨てた。幼いころからうつくしいと褒めてくれ、くちづけ愛撫《あいぶ》してくれた髪だ。それを今の彼は、まるで塵《ごみ》のように扱った。

ルードヴィーグは、エルシィの体を抱えあげる。まるで荷物のように軽々と抱えられ、しっかりと胴体を摑《つか》まれては、エルシィに抵抗の術《すべ》はない。いったい、どこに連れていかれるというのか。

エルシィを抱きあげたルードヴィーグは、入ってきたときと同じように身軽に窓に向かい、桟《さん》に手をかける。エルシィは暴れようと手足をじたばたさせたが、ルードヴィーグはそのような抵抗などものともしない。

ここは、三階だ。このまま飛び降りては、首に刃物を突きつけられるどころではない。エルシィは瞠目《どうもく》し、しかし闇に慣れた目で見てみると、桟には鉤《かぎ》がかかっていて、そこから縄が吊《つ》り下げられている。

（ここを、下りるの……？）

ルードヴィーグは、それほど身軽だっただろうか。エルシィがいくら小柄だとはいえ、人ひとりを抱えて下りられるものだろうか。

エルシィの懸念など無視して、ルードヴィーグは縄を伝って下り始める。落とされてはたまらない——エルシィは暴れるのをやめ、身を固くした。

半ばほどまで下りたとき、ルードヴィーグはひゅっと口笛を吹いた。それは微かな音だったけれど、合図をした相手には聞こえたらしい。人の気配がして、そしてエルシィは身を放り出される。

「んっ……、っ……！」

落下するエルシィを、受け止めた腕があった。エルシィは大きく目を見開き、それが黒髪の男であることを知る。

「声をあげられませんように。エルシィさま」

男は、ルードヴィーグ以上に低い声で言った。

「騒がれては、あなたの身が危険です。……ルードヴィーグさまは、本気です」

「あ……なっ、た……、は……っ……」

猿轡《さるぐつわ》をされているエルシィの声は、聞き取りづらかったかもしれない。

「アンセルムと申します。ルードヴィーグさまにお仕えする者です」

身を翻して、ルードヴィーグが下りてくる。エルシィの体は抱えられ、うつぶせに乗せられたのが馬の鞍《くら》の上だということがわかった。ここは城の裏庭——木々が茂っていることから、警備の薄いところだということがわかる。

馬上のエルシィを押さえるように、ルードヴィーグが鞍をまたぐ。嘶《いなな》きをあげないように調教されているのか、馬は静かに走り出した。とはいえ全身で感じる衝撃には耐えがたく、エルシィは吐き気を堪《こら》えるのに懸命になった。

城の警備は厳しいだろうに、どのように兵たちの目をかいくぐったのか。馬はやがて街道に出、闇夜の路《みち》をひた走る。その間もうつぶせのまま上下に揺さぶられ、エルシィがその苦しさにもう我慢できなくなったころに馬は止まり、エルシィの体は下ろされる。地面に敷かれた布の上でエルシィは気絶したように眠り、目が覚めると軽い食事を与えられた。

それが、三度ほど繰り返された。三日三晩馬の上で、エルシィは疲弊しきってただ身を固くしていることでいっぱいだった。

「……あ、……、っ……」

馬が止まった。エルシィは大きく息をつく。ルードヴィーグが馬を下り、エルシィを抱えた。何度か少しばかり休む時間を与えられただけであまりにも長い時間揺られ続けたことで目はまわり、吐き気がする。体の中身をぐちゃぐちゃにされたかのようで、エルシィはルードヴィーグの腕の中で脱力した。

彼はなにも言わず、暗闇の中を歩く。エルシィが微かに目を開けると、煉瓦造《れんがづく》りの建物が見えた。ずいぶんと高い――いったい何階建てなのだろうか。なんのための建物なのだろうか。

「嘆きの塔だ」

エルシィの胸の奥の疑問に答えるように、ルードヴィーグは言った。

(な、げき……の……?)

「かつて罪人を閉じ込め、死ぬまで追い詰めたという、塔だ。きみには、ここに入ってもらう」

「ん……、っ、……!」

嘆きの塔。なんという恐ろしい響きだろう。ルードヴィーグの腕の中でエルシィはもがき、しかし馬に揺られて力を失った体、さらには縛りあげられていることで自由にならない。

ルードヴィーグは、ずかずかと塔に近づいていく。後ろからの足音は、アンセルムのものだろう。ぎぃ、と軋《きし》んだ音がする。月のない闇に慣れた目にも暗いそこには、なにがあるのか。

エルシィの体は、恐怖に震えた。どこからか、黴《かび》くさい匂《にお》いがするような気がする。

ルードヴィーグはさらに歩みを進めた。またなにかが軋む音がする。エルシィは下ろされて、なにか固いものの上に座らされた。

（な、に……？）

きぃ、と音がして、エルシィの身は竦《すく》んだ。なにかは見えないけれど、自分が危険な場所にいることはわかる。眩暈《めまい》を懸命に堪えて顔をあげると、じゅっと音がして灯《あか》りが点《つ》いた。

「いい格好だね」

嘲笑《あざわら》うような、ルードヴィーグの声。松明《たいまつ》か蠟燭か、点いた灯りはエルシィの目に眩しすぎた。何度もまばたきをして、やっとルードヴィーグの顔を見わけることができる。

背後には石造りの壁がそびえていて、映り込んだ影がゆらゆらと揺れていた。それがあまりにも不気味で、エルシィは思わず目をつぶってしまう。

「……ルー、ドヴィ……グ……」

猿轡のまま、エルシィは呻いた。

「な……、で。……ん、な……」

「きみは、私の両親の仇《かたき》だよ」

エルシィは、大きく目を見開いた。すがめた目で、エルシィを見つめながらルードヴィーグは言う。

「きみをとらえて……むちゃくちゃにしてやったら、きみの両親はさぞや悲しむだろうね？」

そのまなざしは、晒《さら》されるだけでぞくりとする――恨みの籠もった目つきだった。

「殺しはしないよ。生きて、嬲《なぶ》りものにされた……そのほうが、衝撃は大きいだろうから」

「ルー……ド、ヴィ……グ……」

目がだんだん灯りに慣れてきた。ルードヴィーグの持っているのは角灯で、その光があたりを照らしている。エルシィは、異様なことに気がついた。

「わ、……た、し……」

目の前に立っているルードヴィーグとの間に、幾本もの柵《さく》がある。エルシィはあたりを見まわし、自分が狭い檻《おり》の中に閉じ込められていることに気がついた。檻は丸く、柵は錆《さ》びて、奇妙な匂いを放っている。

「きみのために用意したんだよ、エルシィ」

ルードヴィーグは、唇の端を持ちあげる。

「きみは、とてもうつくしい……エルシィ」

蒼い、ルードヴィーグの目が光る。背筋に走る怖気《おぞけ》を感じて、エルシィは思わず後ずさりをした。しかしすぐに背には鉄の柵が当たり、ここが本当に狭い、籠の中であることを思い知らされる。

「そうやって、脅えた目をしているところは、ほんとうにうつくしいよ。今すぐにでも、犯してしまいたいくらいだ」

ルードヴィーグは、その薄い唇を舐《な》めた。エルシィの背に、またぞっとしたものが走る。まるで彼が肉食獣で、エルシィはとらえられた小動物であるかのようだ。事実、エルシィは自分で身動きひとつできない。口を封じられ腕を拘束され、ルードヴィーグの目に見据《みす》えられて、がくがくと震えることしかできないのだ。

「エルシィ……」

ゆっくりと、ルードヴィーグは言った。そしてまた、唇に舌を這《は》わせる。角灯に照らされた彼の顔は、エルシィの知っているルードヴィーグではなかった。その金色の髪も、目の形鼻の形、唇の形もよく知っているはずなのに、まるで見知らぬ他人だった——事実、そうだったのかもしれない。

ルードヴィーグは、エルシィの知らないところで変わってしまっていたのかもしれない。親を殺され国を追われて、彼は変わってしまった。目つきは鋭く、エルシィをどう扱おうかと舌なめずりをしているかのようだ。

「エルシィ」

その声も、変わっていないのに。愛《いと》おしげにエルシィを呼ぶ声は、いつぞや幼いとき、互いの薬指に赤い紐を結びつけ、ふたりがつながれている証《あかし》だと微笑んだ彼のものなのに。

ふたりは、角灯ひとつの狭い部屋で見つめ合った。

「鳥籠だよ、エルシィ」

ルードヴィーグは、楽しげにささやいた。

「鳥籠の中なんだよ」

「と、り……かご……?」

わななく声で、エルシィはつぶやく。ルードヴィーグはうなずいた。

「特に、高貴な身分の者を晒し者にするために使われた、鳥籠。みんながそんな格好のきみを見て、嘲笑うんだ。指を差して嗤《わら》うんだよ」

エルシィは震えた。身動きできない暗くて狭い場所に閉じ込められ、ただ視線を受けるというのは、確かに自尊心を傷つけられる。ルードヴィーグひとりの視線でもこれほどに辱《はずかし》めを感じるのに、無数の目が見ているとなるとどれほどの屈辱だろう。

「脅えている顔が……本当に、うつくしいよ。エルシィ」

彼は、角灯を足もとに置いた。そして手を伸ばし、鳥籠の扉を開ける。

「誰が……どこの男が、そんな顔をしてるきみを見て……欲情せずにいられるんだろうね……？」

ただでさえ小さな鳥籠だ。ふたりが入れば足を伸ばす余地もない。そんな中、ルードヴィーグの手がエルシィの頬に触れる。噛ませた猿轡を指先で辿《たど》って頭の後ろにすべり込ませ、きつく締められた結び目をほどく。

「ああ、かわいそうに」

エルシィに猿轡を噛ませた本人は、言った。

「こんなに、赤く腫《は》れて……痛かっただろう？」

「ん、な……、ルードヴィーグ、が……、っ……」

エルシィの目には、涙がたまっている。ルードヴィーグの指が、それをすくいあげた。

「そんな、舌足らずなきみもかわいい……」

指先についた水滴を舐め取りながら、ルードヴィーグは微笑む。エルシィが、きっと彼を睨《にら》むとルードヴィーグは笑みを濃くした。

「ああ、そうだね。私が悪いんだ」

ルードヴィーグが顔を近づけてくる。びくり、と震えたエルシィの目もとにくちづけ、さらなる涙を吸い取った。

「でもね、きみには人質になってもらわなきゃ」

ぺろり、とルードヴィーグの熱い舌が頬を這う。エルシィの体はまたわなないて、そんな彼女を目に、ルードヴィーグはくすくすと笑った。

「私が、復讐《ふくしゅう》を成し遂げるために……両親の、仇を討ったために」

「お、おじさまと、おばさま、の……ことは……」

エルシィは、ルードヴィーグの両親のことをそう呼んでいた。エルシィにとっても肉親同然、彼らの処刑にエルシィの胸が痛まなかったわけがない。

「きみが、かばってくれることだってできたんだ。でも、きみは……みすみす、見殺しにしたね？」

「見殺し、なんて……！」

思わず、エルシィは叫んだ。しかし彼らは死んだのだ。エルシィがなにを言おうとも言い訳でしかなく――エルシィは唇を噛んで、うつむいた。

「ああ、そんな顔をしないで。そんなに噛んじゃ、唇が切れちゃうよ」

優しい声で、ルードヴィーグが言った。

「今から、男に抱かれる顔じゃないよ？　もっと喜ばしげな顔、してないと。私たちの、初めての夜なんだから」

「だ、か……れる……？」

彼の言葉の意味がわからず、エルシィは聞き返す。くすり、とルードヴィーグは笑った。

「言っただろう？　嬲りものにするって。きみを、めちゃくちゃにするって」

「ルードヴィーグ……！」

後ずさりをしようとして、しかしできない。がしゃんとあがった音に、ここは狭い鳥籠の中であることに気づく。とっさに上を見あげると、エルシィが立ちあがることができるかできないかという低さだ。猿轡はほどかれたけれど、両腕は後ろに拘束されたままで、逃げることなどできるはずがない。

「愛してるよ、エルシィ……」

甘い――それでいて棘《とげ》のある声音でそう言って、ルードヴィーグがくちづけてきた。そっと、唇を重ねるキス。

しかし、唇を合わせるだけでは終わらなかった。ぬるり、と生温かいものがエルシィの唇を舐める。猿轡が食い込んでいた口の端を舐められ、痛みに思わず身じろぐと、肩にルードヴィーグの手がかかってきた。

「逃がさないよ」

ぐっと体を押さえられる。そのまま舌は口腔《こうこう》に入ってきて、歯の表面を舐められた。あっ、とエルシィは声をあげる。ぴりぴりとした痺《しび》れが、体中を貫いたのだ。身の奥が、ずくんと反応する。それがなんなのかもわからないまま、歯の形を確かめるようになぞられた。

「ん……、っ、……、っ……」

溶かされるように、歯が開く。ルードヴィーグの舌はぬるりと挿《はい》り込んできて、エルシィの舌の表面を舐める。ざらりとした感覚を敏感に受け取って、エルシィの肩がびくんと反応した。それを彼は手で押さえつけて、くちづけはますます深くなった。

「……っ、や……、っ……、……」

上顎《うわあご》を舐められ、歯茎を辿られ、頬の内側をなぞられる。キスなら結婚の約束をしたときにしたけれど、このようなものは知らない。エルシィは身悶《みもだ》え、すると鳥籠の柵がぎしぎしと鳴った。

「や、ぁ……、っ……」

自分が囚われの身であることを、まざまざと思い知らされる。とらえられて、逃げられない――その恐怖が背中を走って、エルシィは思わず声をあげた。

「いや……、っ、……っ！」

「なにを言ってるんだ」

深い、唾液《だえき》を絡め合わせるようなくちづけのまま、ルードヴィーグは言う。

「きみは、囚われの小鳥だよ」

じゅくん、とエルシィの舌を吸いあげながらルードヴィーグはささやいた。

「私に囚われた、鳥だ。だから、鳥籠に入ってる……私のもとから、逃げないようにね」

「や、ぁ……、ん、……、っ……」

舌をくわえられ、力を込められる。抜けてしまいそうに吸い立てられて、痛みが走る。しかしそれは同時に体の奥に響く衝動でもあって、身の中で跳ねたものなのがなんなのか、エルシィにはわからない。

「きみは、私のものだ」

エルシィの舌をもてあそびながら、ルードヴィーグはつぶやく。

「私の、復讐の……仇討ちのために。アーレーシャン国王たちに……知らしめてやるための」

「ああ……、っ、……！」

反射的に、エルシィは大きく身を仰《の》け反《ぞ》らせた。ルードヴィーグの手が、エルシィの乳房を摑んだのだ。薄い夜着越しに、彼の手のひらの感覚がわかる。

肉刺《まめ》のできた、ごつごつとした手。彼の手は、これほどに大きかっただろうか。このように大きな手で拘束されては、逃げることなど叶わない。エルシィの全身には自分が囚われの身であるという恐怖が改めて走り、思わず腰を浮かせた。

「逃げるつもり？」

「……ん、っ……」

エルシィの舌に歯を立てながら、ルードヴィーグは鋭い声でそう言った。

「逃げられないよ……、仮に塔から出られても、ここがどこか、きみは知らないだろう？　さまよった挙げ句、狼《おおかみ》の餌食《えじき》にでもなるのがせいぜいだ」

「やぁ……、っ、……、ん、ん……」

歯の痕《あと》を、舌でなぞられる。くちゅ、くちゅとあがる音があまりにも淫《みだ》らで、体の芯に伝わってくる感覚が鋭くて——鳥籠に閉じ込められて拘束されているうえに、エルシィを襲うのは恐怖ばかりではない。それがなんなのかわからないまま、エルシィの身はルードヴィーグのなすがままになる。

「そのようなことはさせないよ、エルシィ」

ルードヴィーグのくちづけが、顎に伝う。ちゅく、ちゅく、と音を立てながら形をなぞられる。彼の舌はエルシィの肌をすべり、咽喉に至るときちりと歯を立てられる。

「い、ぁ……ああ、あ！」

そのまま、咽喉笛を食いちぎられてしまう。そんな錯覚に陥って、エルシィは恐怖の声をあげた。今のルードヴィーグならやりかねない。復讐だと言ってエルシィの咽喉を食い破り、遺骸《いがい》を両親に見せつけかねない——死の恐怖が、エルシィを襲う。

「いや……、ぁ……あ、あ……」

「私の両親はね」

しかしルードヴィーグは、そのようなことはしなかった。ただエルシィの咽喉に歯形をつけ、その痕を舐める。微かにできた傷に唾液が沁み、その感覚が奇妙にエルシィを包んで、エルシィはまた恐れの声をあげた。

「いまわの際になっても、呻き声ひとつ立てなかった。きっと前を見据えて……あんなに気高い姿を、私は見たことがない」

エルシィの両方の乳房に、ルードヴィーグの手がかかる。ぎゅっと掴まれて、エルシィの咽喉から唸り声が洩《も》れる。そのような場所、誰にも触れられたことはないのに。確かにルードヴィーグはエルシィの婚約者で、いずれ結婚するはずだったふたりが、身を重ねるのは必然のことだった。

しかし、このような場所ではなかったはずだ——このような状況ではなかったはずだ。エルシィは誰にも祝福される花嫁として、柔らかい寝台の上で優しくルードヴィーグに抱かれるはずだったのに。

「きみは？　きみには、あのような凛々《りり》しさがある？　殺されるというのに、凛《りん》と自分を殺す者たちを見つめていられるかい？」

「や……ぁ、あ……、っ……」

ルードヴィーグの手は、荒々しくエルシィの乳房を揉《も》んだ。まだ充分に膨らみきっていないそこからは、痛みしか感じられない。エルシィは苦痛の喘《あえ》ぎを洩らし、しかしルードヴィーグは容赦《ようしゃ》しなかった。

「きみの、その声もいいけれどね」

震える咽喉を舐めあげながら、ルードヴィーグは言う。

「そうやって……助けを求めるみたいな。頼りない小さい動物みたいに……ほら、こんなに震えて」

「やめて……、ルードヴィーグ」

小刻みにわななく声で、エルシィは言った。

「こ、んな……、こ、と……、やめ、て……」

この男は、誰なのだろう——ルードヴィーグ。そんなわけがない、ルードヴィーグがこんなひどいことをするはずがない。しかし薄明かりの中、浮かび上がっているのは確かによく知ったルードヴィーグの顔にほかならず、新たな恐怖がエルシィを襲う。

「いいや」

エルシィの、か細い声での願いをルードヴィーグは一蹴《いっしゅう》した。

「やめない。言っただろう？　きみを、嬲りものにするんだ。箱入りのお姫さま……きみを、めちゃくちゃにするんだよ」

「やぁ……、っ、……」

ふたつの乳房は、力を込めて揉まれる。そこは、最初は痛みしか生み出さなかった。貫くぴりぴりとした感覚は、しかしいつの間にか腰の奥に響くものとなって、エルシィの唇からは今までと少し違う声が溢《あふ》れ出す。

「んぁ……っ、っ……、ん、……」

「感じているのか？」

ルードヴィーグの指が、乳房の形をなぞる。そのまま勃《た》ちあがった乳首をつままれ、エルシィは高い声をあげてしまう。

「嬲られて、感じるなんて。エルシィには、淫乱《いんらん》の素質があるんだね」

「や……、っ、……、……」

言葉でも嬲られて、目の奥が熱くなる。ひとしずくの涙が溢れ出て、頬を伝った。

「ん、……な……、っ……」

ふるふると、エルシィは首を振る。頬に、短い髪が当たった。そう、ひと束をルードヴィーグに切り落とされたのだ。寝台の上に散らばったエルシィの赤い髪を見て両親はどう思うだろう。攫《さら》われた。殺されたと思うかもしれない。そうすれば、きっと追跡の手が——。

「ああ……、ああ、っ！」

両親の使いが、エルシィの声を聞きとどめないだろうか。助けに来てくれないだろうか。そんな考えが頭を過《よぎ》り、エルシィは声をあげた。しかし体を撫であげてきたルードヴィーグの指が、エルシィの唇を押さえる。

「無駄だよ」

嘲笑うように、ルードヴィーグは言った。

「声をあげたら、助けが来てくれるかもって？　浅はかだね」

ルードヴィーグの指が、エルシィの唇を撫でる。何度も、まるでエルシィの愚かさを嗤うように。

「嘆きの塔だって、言ったじゃないか。罪人が、どんなに大声をあげても聞こえないような場所にあるんだ。きみのかわいらしい声なんて、絶対、誰にも聞こえないよ」

かっ、と目頭が熱くなり、涙が次々と溢れ出す。当然だ——声をあげたくらいで外に通じるのなら、このような籠に閉じ込めた意味がない。

「う、く……、っ……、っ……」

涙を流し続けるエルシィの乳房を押しあげたルードヴィーグは、夜着の襟《えり》ぐりを引き伸ばし、その下にはなにもつけていないエルシィの体を剝《む》き出しにした。

「ひ……、ぁ……、っ……」

外気に触れることのない肌が、冷たい空気に撫でられる。エルシィの乳首はぴんと勃っていて、つままれる感覚に敏感に反応した。

「ここ……、こんなに、して」

笑いを含んだ声で、ルードヴィーグはささやく。両の乳首をぐりぐりと捻《ひね》られて、その刺激は痛いはずなのに、先ほどから腰の奥が疼《うず》いてたまらないのだ。

「いや……、っ、……っ……」

「いや？　ここ、こんなにしておいて……」

「……っあ、ああ、あ！」

指で挟まれて、力を込められる。乳房の中に埋めるように押され、それでも感じて飛び出してくるそれをまたつままれて。

そのような部分、自分でも今まで意識したことはなかったのに。ルードヴィーグの指紋《しもん》さえも感じられるのではないかというほどに、敏感になっている。

「感じてないなんて、嘘《うそ》つきだね。胸も……ほら、こんなに張りつめてるのに」

「っ、……い、や……、言わない、で……」

自分の体が変化していることは、感じている。後ろ手に縛られ鳥籠に閉じ込められ、それでも目の前にいるのは、幼いころに結婚の約束を交わし、十八歳になった今でもその気持ちの変わらないルードヴィーグなのだ。

ルードヴィーグは、変わってしまった。それでも彼の顔を間近に見て、その手が肌に触れてきて――恐怖は、ある。しかしそれ以上にエルシィの体は愛する男に触れられる刺激に反応し、あがっているのは悦《よろこ》びの声なのだ。

「いぁ……、ああ……、っ……」

ルードヴィーグの嘲笑うとおり、エルシィは感じている。体が如実に反応している。

ルードヴィーグは、エルシィを愛してこのようなことをしているのではないのに。それがわかっていながら快感を受け止めるエルシィの体は、どうなっているのだろう。

「や、ぁ……、っ……、ん、ん……っ」

大きくてごつごつとしたルードヴィーグの手が、柔らかいエルシィの乳房を揉む。薄い肌はそれだけでもたまらなく感じてしまい、エルシィの恐怖と快楽の混ざった声は止まらない。

約束の赤い紐を薬指に結んだときの彼の手は、もっと小さくて柔らかかった。それだけの時間が経ったのだと実感する。大人になった彼に組み敷かれているということはエルシィの体の感度をあげ、ぎゅっと力を込められて身の奥には衝撃が走る。

「無理やりにされて、感じているのか？」

ルードヴィーグが、そうささやいてくる。彼の唇はエルシィの耳に触れ、その歯がきゅっと耳の縁を咬《か》んだ。その刺激が、びりびりと体の中に走る。

「つあ……、ああ……っ……」

「それとも、エルシィはこういうのが好きなの？　狭い……鳥籠の中で。こうやって」

「いぁ、あ、ああっ！」

エルシィの耳に歯を立てながら、その手はエルシィの夜着の裾にかかった。やはりなにもつけていない下肢《かし》に、夜の冷たさが忍び込む。エルシィは大きく震え、そんな彼女の内腿《うちもも》に、ざらりとしたルードヴィーグの手のひらが這う。

「私に、抱かれるのが……？　こういう屈辱が、好みなのかな？」

「や……ぁ、……ん、な……ぁ……」

内腿の柔らかさを味わうように、ルードヴィーグの手は何度もそこを撫であげた。びくん、びくん、とエルシィは腰を跳ねあげ、それを押さえつけるように膝《ひざ》に触れたルードヴィーグの手が、両脚の谷間にすべっていく。

「やぁ……、……っ、あ！」

「ふふ……、ここも、柔らかいね」

彼の指は、付け根の茂みに至った。そこを指先で梳《す》くようにされ、すると敏感な部分を指の先端が掠《かす》めていく。ぞくり、と走った感覚がなんなのかわからないまま、エルシィは身を反らせて声をあげた。

「誰も、触ったことがないんだね……？　ここ……誰にも、触らせたことはない？」

「ルードヴィーグ……、っ……」

もちろん、湯浴《ゆあ》みのときに侍女はその部分も丁寧に洗う。しかしルードヴィーグの言っているのはそういう意味ではないことは、エルシィにだってわかる。

「そ、んな……はず、……ない、っ……」

「ああ、そうだね。貞淑《ていしゅく》な、我が婚約者」

戯《おど》けるようにそう言って、ルードヴィーグは指を動かす。最初は茂みをいじっていただけだった指が、その先にすべったとたん、雷《いかずち》のような衝撃が全身に走り、エルシィは声をあげた。

「ああ……、っ、ぁ……、ぅ……」

茂みの中に、秘められていた芽——そこに、ルードヴィーグは触れたのだ。それは胸を、乳首を刺激されるよりも強烈な快感で、エルシィの下肢は大きく跳ねた。ルードヴィーグのざらついた指先の感触までもが、はっきりと感じ取れる。まるで、神経に直接触れられているかのようだ。

「や、ぁ……、な、に……、こ、れ……っ……」

はぁ、はぁ、と荒い息をつきながらエルシィは叫ぶ。しかし声は縺《もつ》れてうまく音にならなくて、くぐもった喘ぎが咽喉から洩れるばかりだ。

「いや、ぁ……やめ……、っ、……」

「感じてるくせに?」

意地の悪い声で、ルードヴィーグは言った。

「ここ、ちょっと触れられただけで、そんなに感じてるのに。きみのいや、なんか聞かないよ」

「や……、本当に、いや……、な、の……！」

腰を揺すりながらエルシィは声をあげる。ルードヴィーグの指が、奇妙に激しく感じる場所を擦《こす》る。そこに触れられると全身にわけのわからない衝撃が走り、まるで全力で駆けたときのように息が荒くなる。

「い、や……、こん、な……、わたし、……へ、ん……」

「きみが、感じやすいだけじゃないか」

嘲笑う声でルードヴィーグは言って、目を細めてエルシィを見つめる。感じるその部分を彼は、乳首にそうしたようにつまんだ。きゅっと力を込められて、咽喉が痛むほどの声があがる。

「やぁ……、ああ、……あ、あ！」

「ここ……こんなに腫らせて。体中が、たまらないんだろう？　もっとしてほしいって……思ってるんじゃないのか？」

嗤いの表情で彼は言った。ルードヴィーグがエルシィに、このような嘲《あざけ》りの顔を見せることがあるとは思わなかった。エルシィの頬に、新たな涙が流れる。

「もっと、なんて……、っ……」

これ以上感じさせられては、本当におかしくなってしまう。焦燥に身悶え、すると触れられる部分が変わって、エルシィはなおも嬌声《きょうせい》をあげた。

「い、や……、っ、……ぁ……ああ、……」

「ほら……、こんなに、濡らしてる」

秘芽をつまんだまま、ルードヴィーグの中指が先を抉《えぐ》る。じゅくん、と音がして、花びらがかきまわされた。エルシィは声をあげ、粘ついた音と喘ぎ声が絡み合う。

「もう、ぐちゃぐちゃじゃないか……。男を受け挿《い》れたくて、たまらないんだろう？」

「お、とこ……？」

エルシィは、目を見開いた。目尻《めじり》から、涙がひと粒落ちていく。ルードヴィーグは楽しげに微笑んでエルシィの頬にくちづけ、涙を舐めて、同時に蜜《みつ》を溢れさせる秘所を音を立ててかき乱した。

「そうだろう？　ここに、きみは男を受け挿れる……」

「……っあ、……ああ、あ……あ！」

花びらを重ねてつままれ、ぐりぐりと捻られる。体の奥がかっと熱くなって、どくりと蜜が洩れるのがわかった。両脚の間に生ぬるいものが伝い、臀《しり》のほうにしたたっていく。その感覚に震えるエルシィを、ルードヴィーグは楽しげに見やっている。

「やぁ、や……め、て……、っ、……」

「やめるわけないよ。きみの花園は、私がもらう」

指先を浅く突き込まれ、くすぐるように動かされる。ぐちゅ、ぐちゅ、とあがる音があまりにも淫らで、耳を塞ぎたい——しかしエルシィの両腕は後ろに拘束されていて体には力が入らず、自分ひとりでは立ちあがることもできないのだ。

「ひぅ、……っ、ん、……、っ……」

ルードヴィーグの指がうごめく。花びらの形をなぞり、その端を爪《つめ》の先で引っかく。溢れる蜜を花びらに絡ませ、ますます淫らな音を立てながら指を突き込んだ。ぐちゅ、と花びらの根もとを抉られて、エルシィは、ひっと声をあげる。

「やぁ……、や、め……、て……」

「たくさん、溢れてくるね」

ふっと小さく笑って、ルードヴィーグは指を動かした。花びらを指の腹で擦り合わせ、強くつまんでは引っ張って、その痕を癒《い》やすように指先で撫でる。

敏感すぎるそこは指先の感覚をも如実に受け止めて、エルシィの体は芯から痺れる。目の前が眩《くら》み、ここがどこで、自分はどういう体勢で、そんなエルシィを乱しているのが誰なのかわからなくなっていく。

「もっと、見せて。きみの、淫らなところ……」

「ひ、……ぅ、……、っ……」

「ここ……感じるんだろう？　もっともっと、感じさせてあげる」

ああ、とエルシィの咽喉から喘ぎが洩れる。何本もの指が秘所にすべり込み、ぐちゅぐちゅとかきまわす。じん、と大きな痺れが体の中心を這い、エルシィは腰を跳ねさせた。

「いぁ、あ……ああ、……っ、……ん、……」

同時に、ルードヴィーグの指がぐるりと蜜園の形を辿る。ひくり、ひくりと反応したエルシィは、指を一本突き立てられて思わず大きく目をみはった。

「や、ぁ……、っ……、……！」

腰の奥で、なにかが破裂する。ルードヴィーグの指が刺激したそれは、激しい衝撃となってエルシィの全身を貫いた。

「……ぁ、あ……、っ……、っ……」

目の前が真っ白になる。なにも見えず、なにも聞こえず、ただルードヴィーグの与える衝動だけに支配されたエルシィは、熱い息を何度も吐いた。

「っ、……あ……ああ……、っ、あ……！」

はっ、はっ、と乱れた呼気が聞こえる。懸命に走ったときのような、それでいて淫らな響きに満ちている呼吸。エルシィは涙の張った目を開き、目の前に薄笑みを浮かべているルードヴィーグの顔を見つける。

「達《い》ったね」

ちゅくり、と音がして、蜜園への刺激が解かれる。ルードヴィーグは目の前に自分の濡れた指を引き寄せると、赤い舌を這わせた。

「あ、っ……」

その指には、粘ついたものが絡んでいる。透明なそれを舐《な》め取る舌の動きはあまりに淫靡《いんび》で、エルシィは瞠目したまま視線を離せなかった。

「きみの、蜜だよ」

濡れた唇を舐めながら、ルードヴィーグは楽しげに言う。

「きみが感じて、洩らした蜜だ。きみは、こんな鳥籠の中でも感じて……濡れるんだね」

「や、ぁ……、っ……」

「いや、じゃないよ。もう……ここ、緩んでるだろう？」

彼はまたぺろりと指を舐め、エルシィの胸に唾液の痕をつける。指はゆっくりと夜着をかきわけ、再び両脚の間に忍び込む。敏感になったそこは、少し触れられただけでびりびりと全身を走る刺激を受け止める。

「こ、こ……」

「いぁ、あ……ああ、あ……っ……！」

先ほど、指一本が開いた蜜口。そこに二本が差し挿れられた。指二本をくわえ込んで、開くことを知らないそこは軋みをあげた。エルシィは苦痛の声を立てる。

「痛くなんかないだろう？　こうされること、待ってるくせに」

「いや、ち、が……う……」

未開の蜜肉は、ねじ込まれる指を拒もうとしている。エルシィは腰を引こうとして、しかし狭い鳥籠の中、身動きなど叶わない。その間にもエルシィの体を暴こうとする指は中へ進み、奥深い襞《ひだ》に触れると、ぐいと拡《ひろ》げる。

「やぁ、あ……あ、あ……、っ……」

びりっ、と身を貫く刺激があった。触れられることなど知らなかったそこは、刺激に抵抗しようとする。

しかし、ルードヴィーグの力のほうが強い。彼は容赦なく蜜洞を暴き、中へ中へと指を挿り込ませる。膣内《なか》で指を開き、襞の奥に秘められた感じる部分を擦る。エルシィは息をすることもできず、ただただ迫り来る快感に耐えるしかない。

そう、迫《せ》りあがってくるのは快楽だ。体の芯から溶けそうになる愉悦《ゆえつ》は、ぴりぴりと伝う痛みと自分の置かれている状況への恐怖と相まって、エルシィにますますの声をあげさせる。

「い、あ……あ、あ……っ、ぁあ……っ！」

貫く指が三本に増え、それはなおもエルシィを悶えさせた。いやいやをするようにエルシィは首を左右に振り、すると髪が頬を叩《たた》く。それにすら感じるほど、神経は敏感に尖《とが》っていた。

「いや、ぁ……ああ、……っ……」

「もう……平気、かな？」

少し乱れた声で、ルードヴィーグがつぶやく。

「痛くないだろう？　ここ、ぐちゃぐちゃに濡れて……何本でも挿りそうだね」

「や、ぁ……、ん、な……こ、と……っ……」

いったい何本指を挿れられるのだろう。これ以上、どれほど深くを突かれるのだろう。エルシィ自身も知らない体の秘密を、どこまで暴かれるのだろう——。

「あ、……っ、……？」

じゅくん、と音を立てて、指が抜かれる。先端から蜜のしたたる指を舐めて、ルードヴィーグが自分の下肢に手をやるのがわかった。腰紐を緩めて、下衣を剝《は》いで、彼の両脚の間にそそり勃つものを見たエルシィは瞠目した。

「っ、あ、……っ……、……」

先端を濡らし、赤黒く勃起《ぼっき》したもの。そのようなものをエルシィは見たことがなかったけれど、目にするだけで体の中が疼くのがわかる。腰の奥が熱くなる——どくり、と体の中のなにかが反応する。

「や、……、ルード、ヴィーグ……、っ……」

「きみは、これから犯される」

脚の間のものに手を添え、扱《しご》き立てながらルードヴィーグは言った。

「私に穢《けが》されるんだ。私の子供を孕《はら》むといい。男も女も、何人でも……きみを、孕ませてあげる」

「い、や……、っ……、……！」

いくら婚約者でも、正式な婚姻式《こんいんしき》を行うまでは子供を授《さず》かるようなことをしてはいけない。それが具体的にどういうことなのかエルシィにはわかってはいなかったけれど、ただ今からルードヴィーグがしようとしていることが許されないことであることだけは、感じ取れた。

（ああ……、なぜ）

胸のうちで、エルシィは声をあげた。

（どうして、こんなことになってしまったの？　お父さまが、おじさまとおばさまを処刑したから？　戦争が始まったから？　水争いがあったから？）

未知の感覚に眩《くら》むエルシィの脳裏《のうり》では、うまく考えをまとめられない。ただ今から、あってはならないことが起ころうとしているということはわかる。

「だめ……、いや、ルードヴィーグ……！」

「だめ、も、いやも、聞かないよ」

彼は冷酷《れいこく》にそう言って、そそり勃つものをエルシィの蜜口に押し当てる。熱い。伝わってくる熱に、エルシィはぶるりと震えた。

それはずくんと蜜園を破る。挿ってくる。その質量にエルシィは声をあげ、もっと嬌声をあげさせようとでもいうように、ルードヴィーグは腰を進めた。

「や、ぁ……、っ、……、っ……」

きちり、と蜜肉が軋む。未開の処女雪は熱杭を突き込まれ、その苦しさにエルシィは喘いだ。腰を揺らしてせめてもの抵抗を試みるものの、ルードヴィーグの強い手がエルシィの腰にかかっている。エルシィを引き寄せ、同時に深くを突いて、中を突き進んでくる。ふたりの体が、ひとつになろうとしている。

「い、や……、ぁ……、っ……！」

敏感な肉に伝わる疼痛《とうつう》に、エルシィは呻いた。体がふたつに引き裂かれたかのような痛みが、全身を走る。エルシィはしきりに身を捩って逃げようとして、しかし狭い鳥籠、拘束された手、そして腰を押さえるルードヴィーグの手がエルシィの自由を許さない。

「いた……、痛い、……、っ、……」

肉が抉られる、引き裂かれる。処女雪は踏み荒らされ、生ぬるいものがとろりと垂れ落ちるのがわかった。痛い、痛い、痛い。迫り来る圧倒的な感覚の中、しかし痛いだけではないなにか、エルシィの知らない衝撃が伝わってくる。

「やぁ……、っ、……、っ……」

ずくり、と深い部分を突かれた。エルシィは、ひっと声をあげ、仰け反った咽喉にルードヴィーグの唇が押し当てられる。ちゅくりと吸いあげられたのと、体の中を抉るものが最奥を突いたのは、同時だった。

「あ、あ……、っ、……、っ……!」

体の奥で、熱が弾《はじ》ける。エルシィの腰が、大きく跳ねた。身のうちの、ことさらに感じる部分をルードヴィーグ自身が擦ったのだ。そこから伝い来る刺激を、確かに受け止めた。それは、エルシィが今まで知らなかった感覚——芽をつまれ花びらをいじられるよりもさらに大きい、愉悦だった。

「ひぅ……、っ、ん……、っ……」

大きく身が引き攣《つ》る。背中が痛いほどに反って、さらにずくりと欲望に突きあげられ、エルシィは声を失って鳥籠の柵にもたれかかった。

「……あ、ぅ……、ん、っ……」

「エルシィ……」

低く、掠れた声でルードヴィーグはつぶやく。彼は突き込んだ欲芯をずるりと引き抜き、エルシィは、はっと息を呑んだ。再び蜜襞を擦りあげてくる感覚に、痛みはもうない。感じるのは蕩《とろ》けそうな快感で、エルシィの唇の端からは呑み込みきれない蜜が流れ落ちた。

「い、ぁ……、……っ、……」

また深い部分を突かれ、快楽の源を刺激される。指では届かないそこを、熱いもので擦られるのはたまらない感覚で、エルシィは立て続けに声をあげた。

「も、……っ、う……、っ……」

これ以上の刺激には、耐えられない。エルシィがそう訴えようとしても、声はうまく形にならない。洩れ出るのは掠れた喘ぎ声ばかりで、まともな言葉など忘れてしまったかのようだ。

「やぁ……、っ、あ……ああ、あ……、っ……」

「エル、シィ……」

淫らな水音を立てながら擦りあげるルードヴィーグが、つぶやく。

「もう、気持ちよくなることを覚えたんだね……？　初めて、なのに」

小刻みに下肢を揺らめかせ、エルシィのもっとも感じる部分を突きながら、ルードヴィーグはエルシィの耳にささやきを流し込む。

「ここは……こんなに、きついのに。きゅうきゅう締まって……私のことを、離さないのに」

「ん、な……、っ、……、っ……」

ああ、とエルシィは熱い吐息をこぼした。ルードヴィーグはエルシィの耳朶《みみたぶ》に歯を立てて、少し力を入れた。

それが、たまらなく心地いい。エルシィはぶるりと身を震い、すると奥を突かれて、体に力が入った。

「いぁ……、あ、あ……っ……」

「ん、っ……」

ルードヴィーグが、低く呻く。彼は自身を引き抜き、先端で蜜口をかき乱すと、そのままままた突いてくる。蜜襞が押し伸ばされる。折り重なった淫肉の間に隠れた感じる部分が刺激され、エルシィの腰は大きく反って。

「エルシィ……」

低い、ルードヴィーグの声。それに耳をくすぐられ、エルシィはびくんと震える。

「きみを……孕ませるよ」

「や、っ……、っ、……!」

どくり、と腹の奥で弾ける高すぎる熱。それに、蕩けさせられるかと思った。それほどに放たれたものは熱く、エルシィは声にならない声をあげた。

「っ……あ、あ……、っ、……、……」

ルードヴィーグの乱れた吐息と、エルシィの嬌声が絡む。ルードヴィーグはエルシィの肩口に顔を寄せ、首筋にくちづけながら、また熱い息をついた。

「は……っ、……ぁ……、っ……」

ルードヴィーグを深く呑み込んだまま、奥の奥まで抉られて。体内に熱い彼を感じながら、エルシィは目を閉じた。

そのまま、意識が薄くなっていく。伝わってくるのは体内を焼かれるような温度と、ルードヴィーグの吐く淫らな吐息。激しく打つ、心臓の音。

「エルシィ……」

艶めいた声でそう呼ばれたのを最後に、エルシィは続く快楽の中意識を失った。

二階　振り子

　ふと目を開けると、あたりは真っ暗だった。

　しかし、完全な闇ではない。うっすらとまわりが見える。エルシィは体を起こし、自分が完全に自由ではないことを知る。両腕は前に拘束されたまま、横になっているのも敷き詰められた藁《わら》の上、床の固さが感じられる。忍び伝ってくる冷たさに、エルシィは大きく身震いした。

（ここ、は……）

　思い出した。嘆きの塔だ。エルシィは夜の寝室に忍び込んできたルードヴィーグに攫われ、ここに連れてこられたのだ。夜着をまとったまま、淫らに体を開かれ激しく喘がされたことが蘇る――エルシィの脳裏にはどうしようもない絶望が走り、低く呻いて体を強ばらせることで、どうにかそれに耐えた。

　ややあって少しばかり落ち着いたエルシィには、ここは嘆きの塔のどこなのだろうという疑問が湧《わ》いた。足を伸ばしているところからして、鳥籠の中ではない。とりあえずあの小さな鳥籠の中から出してもらえたことにはほっとしたけれど、しかし嘆きの塔というくらいなのだ。どのような責め苦がエルシィを待っているか知れず、この先のことを思うとエルシィは思わず大きく震えた。

「だ、れか……」

か細い声で、エルシィはささやいた。

「いないの……？　ルードヴィーグ……」

エルシィをもてあそんだ男ではあるが、エルシィにはほかに頼る相手がいなかった。何度かルードヴィーグの名を呼び、しかし自分の声が暗闇の中に反響するだけであることにわななく不安が募る。

「誰か……いないの？　誰か……誰か！」

エルシィの声はうわんとあたりに響き渡り、その不気味さにエルシィはぞくりとする。立ちあがって逃げようかと思ったものの、エルシィのそのような考えなどお見通しであるかのように両足首もつながれていて、エルシィは芋虫《いもむし》のように床に転がっているしかできない。

「誰か！」

「お静かに、エルシィさま」

ふわり、と食欲をそそる匂いがした。その匂いに、自分が空腹であることを感じる。

なんだろう、とエルシィは顔をあげた。闇が薄くなる。視界の先に現れたのは、黒髪の男だった。

「あなたは……」

確か、アンセルムというルードヴィーグの従者だったはずだ。彼は片手に碗《わん》を持っていて、エルシィのもとに近づくと膝をついた。いい香りは、彼の持っている碗からのものだ。

「お目が覚めたら、お食事をと。ルードヴィーグさまが」

「ルードヴィーグが……」

確かに、空腹ではある。ルードヴィーグがそのような気遣いをしてくれたことを意外に思ったけれど、しかし彼は、もともとそういう人物なのだ。国同士の対立が、彼を変えてしまった。それがエルシィにも無縁でないことが、心苦しくてたまらないのだけれど。

アンセルムは黙って碗を床に置き、やはり無言のままエルシィを抱きあげた。床に転がされるような格好だったエルシィは驚いた声をあげたけれど、上体を起こすことができて、ほっと息をついた。

「失礼ですが、そのままで」

両手両足を縛られたままのエルシィは、眉《まゆ》をしかめた。アンセルムは碗を取りあげ、添えてあった匙《さじ》で中身をすくっている。

「……いらないわ……、食べたく、ない」

空腹なのは事実だけれど、人の手を借りて食べさせられるなんて。それならいっそ、飢えたほうがましだ。

「縄を解くなとの、ルードヴィーグさまのご命令です」

感情のわからない顔で、アンセルムは言った。

「縄を解かずに、お食事をしていただくようにと」

彼は手を伸ばした。それはエルシィの顎を強く摑み、無理やりに口を開かせる。

「な……、ぁ、あ、あ！」

こじ開けられた口の中に、匙が突き込まれる。碗の中は煮込んだシチューだった。

「や、めて！」

「では、無駄な抵抗をおやめくださいますか」

「……わかった、わ。食べる……から」

アンセルムは匙をエルシィの口もとに運び、エルシィは口を開ける。まるで子供のようで恥ずかしかったけれど、また口をこじ開けられたのではたまらない。

何度も食べさせてもらうことを繰り返し、碗の中は空っぽになったようだ。エルシィも満腹になったとまではいかないけれど、とりあえずの空腹は治まった。

「あの……、ルードヴィーグ、は」

アンセルムなら、なにかを知っているだろうか。エルシィは言った。

「どうして……、あんな」

言いかけてエルシィは、思わず唇を噛んだ。あんな、ことを。それを口に出すのは、あまりにもの屈辱だった。

「……殺せば、いいのに」

呻くように、エルシィは言った。

「わたしのお父さまとお母さまが、ルードヴィーグのお父さまとお母さまを殺したというのなら。ルードヴィーグも、わたしを殺せばいいのよ。なのに、なぜあんなことを……」

エルシィの声は掠れ、目の前がじわりと滲《にじ》む。目の奥が痛くなり、ほろりと頬を涙が伝った。

そんなエルシィを、アンセルムは無表情に見ていた。空《から》になった碗をかたわらに置き、ひざまずく。

「ルードヴィーグさまが、なにをお考えなのかは。私にはわかりません」

突き放すように、アンセルムは言った。

「ルードヴィーグさまが、エルシィさまを愛してらっしゃる……愛していらしたのは、確かです」

愛して『いらした』。アンセルムが過去形を使ったことに、エルシィの胸は痛む。しかしそれも当然なのだ。エルシィは、仇の娘。ルードヴィーグにとっては憎むべき相手。かつては婚約者であったからこそ、よけいにその憎しみは大きいに違いない。

「愛して、いた……から、殺さないと、いうの……？」

アンセルムは、微かにうなずいた。そのように見えた。

「殺すよりも、残酷だわ……！」

天を仰《あお》いで、エルシィは叫ぶ。

アンセルムはなにも言わなかった。そうだと同調しているのかも知れないし、婚約者だった男に犯されたエルシィを前に、言うべき言葉がなにも浮かばないのかも知れない。

鳥籠の中でなにが行われたのか、アンセルムが知らないはずがない。そのことを思うとたまらない羞恥が湧き起こるけれど、それ以上にエルシィは、胸に杭《くい》のようなものが打ち込まれた思いを抱いていた。

体を嬲られたことよりも、その心が痛い。ルードヴィーグの思いに、身も心も引き裂かれそうだ。

ほろり、ほろり、と涙がこぼれ落ちた。それを拭おうにも、手は拘束されてしまっているのだ。そのことを思うとますます悲しくなって、辛《つら》くて。エルシィは静かに泣き続け、アンセルムはなにも言わずにひざまずいたままだ。

かつん、と足音がする。

「お姫さまの食事は、終わったのか」

エルシィは、はっと顔をあげた。目に張った涙のせいでよく見えないけれど、現れたのは確かにルードヴィーグだ。彼が怒った顔をしているのは、涙に濡れた目でもはっきりとわかった。

「いつまで、ぐずぐずしている。長舌のために、おまえを寄越したのではない」

「申し訳ございません……」

アンセルムは深く頭を下げ、碗を手にして立ちあがる。彼は闇の中に姿を消し、その場にはエルシィとルードヴィーグが残された。

ルードヴィーグは、じっとエルシィを見下ろしていた。その蒼い瞳には憎しみが宿っている。鳥籠の中で言っていたとおり、ルードヴィーグは復讐のためにエルシィに責め苦を与えているのだ。しかし鳥籠に閉じ込められての惨苦はあまりの屈辱だった。両手足を拘束されたまま、エルシィは腰を動かしてルードヴィーグに近づいた。

「……殺して」

呻くように、エルシィは言った。

「お願い……殺して。それが、あなたの望みなのでしょう？」

「殺してしまえば、それで終わりだ」

残忍な声で、ルードヴィーグは言った。

「その体に、苦痛と恥辱を与えてやる。そしてきみが穢れれば穢れるほど王と王妃は苦しむ。それが、私の復讐だ」

そう言って彼は、エルシィのもとに歩み寄ってきた。くくりつけられた両手をぐいと取り、上に引っ張りあげる。関節が軋んで、エルシィは悲鳴をあげた。

エルシィの両手が、あげた状態のまま拘束される。なにかに結びつけられたのだ。なにか、大きな器具——ルードヴィーグは手を伸ばすと、ぎりぎりと音を立てながら器具を操作した。

「きゃぁ……ああ、あ……っ……！」

ぎしっ、と乾いた音がして、両手が吊りあげられる。座り込んでいたエルシィの腰は徐々に持ちあがって、手にかけられた縄だけで引きあげられる格好になった。

「このまま、ずっと……きみの足がつかなくなるまで引っ張ったら、どうなると思う？」

楽しそうな声で、ルードヴィーグは言った。

「腕が取れてしまうくらいに痛むよ？　ずっと吊り下げられているのは苦しい……振り子っていう道具なんだけれどね」

「……っ、ひ……！」

今でも、肩の関節は悲鳴をあげている。縛りあげられた手首が痛い。このままでは、腕が取れてしまう――エルシィは、比喩《ひゆ》でもなんでもなくそう感じた。

「でも、きみをそういうふうに苦しませたいんじゃないんだ」

また、乾いた音がした。両肩への痛みが楽になる。しかし同時に目に入ったのは、なにか光るものだ。エルシィはぎょっとして、体を震わせた。

「心配しなくていい」

それは、ルードヴィーグの手の中にある鋭いナイフの刃だ。殺しはしないと言っておいて、それでエルシィの胸を切り裂く気か。怯《ひる》んだエルシィの前、それは足を拘束している縄をぶちりと切った。

「こんな無粋なものがあっては、きみも愉しめないだろうからね」

「たの、しむ……？」

彼はなんのことを言っているのだろう。ずっと両手を縛りあげられて、自由を奪われて。食事さえも子供のように食べさせられている状態で、なにを楽しむというのか。

ルードヴィーグはエルシィを床に座らせると、脚を拡げさせた。その間に彼が入ってくる。脚を閉じることは、できなくなってしまった。

「そう、愉しむんだよ」

まるで舌なめずりでもするかのように、唇を舐めてルードヴィーグは言う。

「私に体を好きにされて……、きみだって、愉しんでいたじゃないか。悦んで、声をあげていただろう？」

「ち、が……、っ……」

あの行為は、苦しいばかりだった。痛いばかりだった。しかし目をすがめて見つめてくるルードヴィーグの手が肌を這い、秘所にすべり込んだとき——体の奥を貫いたのはなんだったのか。全身の神経が震えた、あの感覚はなんだったのか。

「エルシィ……」

その声音にエルシィは、はっとする。ルードヴィーグの顔が近づいてくる。艶のある金色の髪、白い額、通った鼻筋、色めいた蒼い瞳。そして薄赤い、弧《こ》を描いた唇。

「……ん、っ……」

その唇が、エルシィの口もとに触れる。ちゅく、とくちづけられて、はっとしたときには舌が中に挿り込んできた。唇の内側の濡れた場所を舐められると、その薄い皮《ひ》膚《ふ》から伝わってくる感覚が、じんと腰を貫く。

「っ、……あ……、っ……」

下唇に吸いつかれて、きゅっと力を込められた。エルシィの体はびくんと震え、伝わってくる感覚に腰の奥が熱くなる。

「や、っ……、っ……」

「反応が早いね」

唇を押しつけ、舌で中をなぞりながらルードヴィーグはささやいた。彼の声もが、震えて響いてエルシィの体に炎をつける。

「このくらいで、そんなふうになって……きみは、やっぱり苦しいのが好きなのかな？」

「好き、なんか……、じゃ……」

ない、と反論しようとした。しかしエルシィの舌はルードヴィーグのそれにつかまり、絡みつかれては吸いあげられた。

「ふ、……、っ、……、っ……」

じゅく、と音がして、舌がぴりぴりと痛む。その痛みが咽喉の奥にすべり、体中に広がり、拘束されている腕の、指先にまで伝う刺激となった。

「……っあ……、ん、……っ」

ルードヴィーグの手が、エルシィの肩に置かれる。薄い衣越しに彼の手の硬さを感じ、びくんと腰が跳ねてしまった。それを押さえつけるように、ルードヴィーグの体がのしかかってくる。

エルシィは、逃げたりしないのに。逃げられるわけがない——両手を縛られ、高く上から吊り下げられて。ルードヴィーグが手を伸ばし、振り子を巻きあげればエルシィの苦痛はたちまち増して、彼の淫らなくちづけを受け止めている余裕などなくなるのだろうに。

しかしルードヴィーグは、エルシィの苦痛をそれ以上強めはしなかった。ただ膝を押さえたまま、エルシィの舌をいたぶり続ける。吸い、力を込めて声をあげさせ、表面をざらりと舐めて先端を咬む。

軽く歯を立てられただけだけれど、感じやすい舌の先端からはじくりと痺れが伝って、それを追いあげるようにルードヴィーグの舌は咬んだ痕を舐め、エルシィはまた声をあげてしまう。

「や、ぁ……、っ、ん……、……」

肩に置かれたルードヴィーグの手が、首筋を撫であげる。ざらりとした感覚に、体の奥の熱が炎をあげた。

「……っ、ん、……、っ……」

彼の指が、エルシィの耳朶をつまむ。擦り合わされて、そのような場所からも快楽が生まれる。体の芯が痺れて、あがる声が止められない。

もうひとつの手は、エルシィの左胸にすべった。薄い布越しに強く摑まれ、思わず悲鳴が洩れる。そこから体の中心にぴりぴりとしたものが走り、エルシィの腰が、ひくんと震えた。身の奥からなにか熱いものが洩れ出すような気がして、しかしそれがなにかを考えている余裕はなかった。

　ルードヴィーグはエルシィの舌をもてあそび、胸を摑んでは揉みあげて、すると乳首が尖り始める。感覚が鋭くなる。彼の手のひらに擦られて、エルシィの反応は大きくなった。

「……この程度で」

　ふっ、とルードヴィーグの吐息が唇にかかった。それにもびくんと反応してしまい、するとルードヴィーグがくすくすと笑う。

「ずいぶんと、いい反応を見せるんだな。一回きりで、味を占めたのかい？　それとも……きみの体は、もともと反応しやすいのか？」

「や、ぁ……、っ、……」

　ぎゅ、ぎゅと力を込めながら、ルードヴィーグはエルシィの乳房の柔らかさをもてあそぶ。その下の心臓が、どくどくとうごめいている。不自然な体勢で、体を好きにされて、エルシィの感じているのは不安か恐怖か——体の芯が、びくびくと震える。腰の奥が、熱くなっていく。

「もう……こんなに尖らせて」

　左胸の乳首をつまみながら、ルードヴィーグはエルシィの耳朶を引っかいた。柔らかい肉は爪の硬さに反応して、また体中に走る刺激がある。深くくちづけられ、口腔をくちゅくちゅと舐められながらエルシィは唇を震わせた。

「すごく……感じてるんだね。この格好は、そんなにいい？」

「い、や……、ち、が……、う……」

首を振ろうとしても、くちづけは深くて動けない。上顎を、頬の裏を、そしてまた舌の表面を舐められ、ぞくぞくと快感が這いのぼる。舌をくわえられて力を込めてきゅっと吸われ、すると一瞬、目の前が見えなくなった。

「ひぅ……、っ、……、……」

触れられていない、右胸の乳首もがつんと尖るのがわかる。そこも触れられるのを待っている。エルシィ自身は与えられる快楽についていくのがやっとなのに、体は素直に快感を受け止めている。反応し、全身でルードヴィーグを求めているのだ。

「や……、ぁ……、っ……」

拘束されて、抵抗も許されずに。このような状況で快楽を得る自分の体がわからなかった。

「どう、……し、て……、っ……」

「どうしてって、なにが」

エルシィの舌を、裏側から舐めあげながらルードヴィーグは言った。

「私の、なにがどうしてなんだい？」

「こ、んな……、わた、し……、を……」

耳の、柔らかい部分が捏《こ》ねられる。内側の複雑な形をなぞられて、くすぐったいようなもどかしいような感覚が生まれた。エルシィは身を揺すり、そんな彼女を押さえ込むようにくちづけはまた深くを辿るものになり、乳房も強く揉みあげられる。

「わたし、を……おかしく、す、る……」

「きみがおかしくなってるとすれば、それはきみ自身のせいだ」

ちゅくん、と舌先を吸いあげながらルードヴィーグは言った。

「きみが、感じやすい体を持ってるのが悪い……こんな、少し触っただけで」

「ひぁ……あ、ああ、……っ……」

「反応するなんてね。まだ、なにもしてないじゃないか」

「な、……にも、な、んて……」

舌を吸われ胸をいじられ、耳をいたずらされて。もう充分ではないか。エルシィは、もぞりと腰を動かす。しかし拘束されて膝を押さえられている体勢では、ほんの少し腰を浮かすことができただけ。こうやって自由を奪われているということが、かえって体の奥の炎にますますの勢いをつける。

「ここも、触ってあげてないし？」

「……っ、あ……！」

ルードヴィーグの膝がすべり、エルシィの両脚の間を擦った。ただ軽く突きあげられただけなのに、エルシィは声をあげて大きく震える。びりびりと快楽が伝いあがる。エルシィは首を反らせ、するとルードヴィーグの唇が伝い下りて、咽喉にきゅっと咬み痕をつけた。

「ひ……、ぅ、っ……」

「ほら……もう、濡れてるんじゃないのか？　挿れてほしいって、思ってるんじゃないのか？」

「や……、や、ぁ……、っ……」

彼の言う『挿れる』ということが、エルシィにははっきりとはよくわかっていない。ただ、鳥籠の中で両脚の間を裂かれたこと。凄《すさ》まじい痛みと——快楽。体の中を走った愉悦を思い出し、つま先までが反応してわなないた。

「きみには、いろんなことを教えてあげる」

脚の谷間を擦りあげながら、ルードヴィーグは言った。

「こうやって、振り子に吊らされたまま……感じて、達くことも。もっととねだって、甘えることも。きみが、このことしか考えられない……木偶《でく》みたいになって。一生ここにいることを望むように」

「や……ぁ、……、っ……！」

ルードヴィーグの言葉はつぶやきのようで、はっきりと耳には届かなかった。それでも彼が、エルシィの望まないことを言ったのだということはわかる。

「私が、一生きみを飼ってあげる……」

エルシィの唇を辿りながら、ルードヴィーグは言った。

「閉じ込めて、飼って……きみは永遠に、私だけのものだ。私の前だけで啼《な》いて、私の手だけで、体だけで感じて……」

「いぁ……、ぁ、あ……っ……！」

ルードヴィーグの手が、すべり下りる。夜着の裾の中に入り込み、肌を辿って茂みをなぞる。その部分にそっと触れられただけなのに、エルシィは大きな声をあげてしまう。

「ほら、こんなに感じやすい」

くすり、とルードヴィーグが笑ったのがわかった。かっと羞恥が走るものの、エルシィにはぎゅっと目をつぶるしか逃げる方法がない。ぎしっ、と縄が音を立てた。振り子が微かに揺れて腰が揺れ、すると両脚の谷間に触れたルードヴィーグの指が、挿り込んでくる。

「……っあ、あ……、は、……っ……」

彼の指先が掠めたのは、尖った芽だ。そこは小さいながらもぴんと勃って、触れら

れると奥からどくりと蜜を流す。

「や、ぁ……、っ、……、……」

しかし彼の指は、そこから先へと動かない。まるで壊れものに触れるかのようにそっと芽の先に触れたまま、くちづけが咽喉をすべる。ルードヴィーグは顔を伏せ、夜着の上からエルシィの乳房を唇で辿った。そして勃っている乳首を挟むと、きゅうっと吸いあげる。

「あ……、あ、……っ！」

体の中心に、雷が走る。エルシィの背中が強く強ばった。そんな彼女の反応をますます追い立てるようにルードヴィーグは口腔に力を込め、立て続けに何度も吸われる。

「やぁ、あ……ああ、……、っ……！」

そうやって吸われるごとに、エルシィの声は甲高くなった。下肢に溢れる蜜は量を増し、ルードヴィーグの指を濡らしていく。そんなエルシィの反応に気がついているはずなのに、ルードヴィーグは添えた指を動かすことなく、ただ硬くなったエルシィの乳首を吸い立てる。

「いや、……ぁ、あ……、っ、……」

体中が痺れていく。つま先までが、引き攣る。尖った芽を軽く擦られるたびに蜜がこぼれて、その源である体の奥の熱に耐えられない。身悶えても振り子に吊られた体は思うようにならなくて、身を捻って も吊りあげられた肩の関節が痛むばかりだ。

「や、ぁ……、いや、いや……、おね、が……、ルード、ヴィーグ……っ……」

「なにが、お願い？」

意地の悪い声で、ルードヴィーグは言った。声が、敏感な肌を伝う。それにぶるりと震えながら、なおもエルシィは声をあげた。

「ああ、……お願い、お、ねが……、っ……」

「だから、なにがお願いなんだい？」

「や、わから、な……、っ、……」

自分の体がどうなっているのか、なにを求めているのか、どうしてほしいのかわからない。ただもどかしくて、体の深くが疼いて、しかし拘束された身では、なにをどうしてほしいのかも言葉で伝えることもできないのだ。

「ここで……、達く？」

「やぁ……、あ……あ、あ！」

きゅう、と強く乳首を吸われた。ずくん、と全身に衝撃が走る。エルシィは大きく体を震わせて、しかしもう少し、足りない。なにが足りないのかもわからないまま、ただ迫りあがる欠乏に声をあげた。

「も、……、っ、と……」

「もっと？」

ルードヴィーグの指が、蜜の谷間を這った。エルシィの身が大きく跳ねて、ずくんと脳裏までを走る刺激を感じる。ああ、と大きな声があがった。

「もっと……、どうしてほしい？」

「あ、……や、ぁ……、っ、……」

強く触れてほしい。しかしそれをどう表現していいものかわからず、エルシィはただ身を捩った。

「いや……、ルードヴィーグ……、いや、なの……」

彼の指は、溢れる蜜でぐちゃぐちゃになったエルシィの秘所を引っかく。びりびりと、痙攣《けいれん》のような衝撃が走った。エルシィは唇を開いてわななかせ、そんな彼女を見て、ルードヴィーグがにやりと笑った。

「達くと、いいよ」

彼は、そっとつぶやくように言う。

「私も、見たいな……きみの、うつくしい姿……」

「ああ……あ、ああ、あっ！」

先ほどまで、焦《じ》らすように指を使っていたルードヴィーグは、いきなり突き込んできた。濡襞に爪を立て、指の腹でざらりと撫でる。そのまま前後に何度も擦り、あまりに急な大きな刺激に、エルシィは大きく目を見開いた。

「は、ぁ……ああ、……あ、あ……あ、っ！」

つま先が、大きく反る。指先にまで、痺れが走る。エルシィの目の前は真っ白に塗り潰されて、自分の取らされている体勢も忘れてしまい、ただただ体を貫く快感しか伝わってこない。

「やぁ……ぁ、あ……あ、……」

エルシィの戸惑いとは裏腹に、蜜口はルードヴィーグを受け挿れて悦ぶように絡みついた。肉がルードヴィーグの指を締めつける。きゅう、とまるでその奥に誘うかのように力が籠もる。

「きみ自身は、こんなに頑《かたく》ななのに」

ちゅくり、と音を立てながら、挿り口をなぞってルードヴィーグは言う。

「ここは……挿れてほしいってねだってるんだね。ほら、こんなに柔らかくて、中がくちゅくちゅってうねってる……」

「や、めて……っ……」

自分の体の反応なんて、聞きたくない。エルシィはふるふると首を振り、すると上に吊りあげられている肩に衝撃が伝い来て、エルシィは嬌声と痛みの悲鳴の混じった声をあげた。

「そんな格好をさせられても、感じるんだね。いや……そんな格好だからこそ、感じるのか」

「いや……、ちが、……う、……、っ……」

また、エルシィは首を振った。ぎしっ、と振り子から吊り下がっている縄が音を立てる。その音に自分が拘束されているという実感を得て、改めてエルシィは震えた。

「いや……、こ、んなの……、ほど、いて……」

「きれいだよ、エルシィ」

にやり、と微笑みながらルードヴィーグは指を動かす。

「振り子に拘束されて、動けなくて……でも、こうやって乳首を尖らせて、ここを濡らして……最高だよ、エルシィ」

「や……ぁ、……、っ……」

濡れそぼった蜜口を、その肉の襞の形を確かめるようにルードヴィーグは指を動かす。浅い部分を何度も擦られ、それがもどかしくも疼くような快楽となってエルシィを追い立てた。腰を振って逃げようとしても、振り子がエルシィの自由な動きを邪魔するのだ。

「いや……、やあ、ぁ……、っ……」

「嘘つきな、唇」

そっと、ルードヴィーグが顔を寄せてくる。重ねるだけの、柔らかいくちづけ。しかしエルシィの体はあまりにも敏感になっていて、そっと触れられるだけでも過敏に反応してしまう。

「嘘つきの唇は、甘いのかな……？　きみの唇は、とっても美味だ」

「やめ……、っ、……て……」

エルシィの蜜に濡れた指が、愛撫をねだって勃っている乳首に這う。ねとりとした感覚は今までとは違う感覚を生み出してエルシィは、はっと息を吐いた。

「呼気も、甘いね。きみが、体の中まで淫らになってる証拠？」

「ん、……な、っ……、っ……」

くりくりと、乳首をいじられる。唇は重ねるキスを繰り返され、そうすると体の奥の疼きが耐えがたくなった。洩れる声はルードヴィーグの唇に吸い取られ、ちゅくりと舐められて全身が震える。

くぱりと口を開いている秘所は刺激を欲しがって震え、蜜をこぼしてはルードヴィーグを誘うのに、彼はまるでエルシィの秘密のことなど忘れてしまったとでもいうようだ。

「いや、……、おね、が……、い……っ……」

「きみは、お願いばっかりだね」

ルードヴィーグは、エルシィの胸の尖りをきゅっとつまむ。それに下半身がどくりと反応し、また新たな蜜がこぼれる。少し下肢を動かすだけでちゅくりと音がするほどになっているのに、ルードヴィーグはなおもエルシィにくちづけ、胸をいじる手を止めない。

「私になにを、お願いしてるの……？　お願い、だけじゃ……わからないよ？」

エルシィが身じろぎすると、ぎしっ、と縄が音を立てる。こんなふうに拘束されて、体をいいようにもてあそばれて。

なぜ自分は、このような目に遭っているのか。助けの手がやってくる気配はない。自分はこのまま、ルードヴィーグの復讐を受け入れるしかないのか、この先、どのような目に遭わされるのか。

つん、と鼻の奥が痛くなった。目の奥がじわりと熱くなって、目尻から涙がひと粒、こぼれ落ちる。

「ああ、かわいそうに」

ルードヴィーグの唇が離れ、エルシィの目尻に押しつけられる。温かい唇は涙を吸い取り、濡れた音を立てながら何度もくちづけてくる。

「こんなに、胸を尖らせて……気持ちよすぎて、辛い？」

「それ、は……」

乳首に与えられる刺激もたまらないけれど、それ以上に刺激を求めているのは両脚の谷間だ。じく、じく、と疼くそこに触れてもらいたくて、しかしそれを言葉にするには、エルシィの羞恥心は大きかった。エルシィにできるのは、身を捩り声をあげ、涙を流すことだけだ。

「どこが気持ちいいのか、言ってごらんよ……」

ちゅくり、と目の縁を吸いあげながらルードヴィーグは言った。

「言いさえすれば……なんでも、してあげるのに。どんなに恥ずかしいことでも、どんなに激しいことでも、ね」

「い、や……、っ、……」

エルシィは身を捩る。両脚の間が擦れて、ずくんと刺激が走る。しかしそれはほんのわずか、エルシィの欲望を慰めただけだった。もっと大きな刺激が欲しい――内壁を擦って、襞を穿《うが》って、奥を突いて。しかしエルシィにはどうしても言えなかった。ただ涙を流し、掠れた呻き声をあげるばかり。

「や……、っこ、んな……、いや、なの……」

エルシィがなにを言っても、ルードヴィーグの心には届かない。彼にはもう、エルシィの心を汲《く》み取るつもりなどないのだろう。そのことが胸を裂く。痛みが体中に広がる。辛くて、苦しくて、涙が流れる。

「やめ……て、ほどいて……、っ……」

「言っただろう。これは、復讐なんだよ」

エルシィの目もとにくちづけを落としながら、ルードヴィーグはぞっとするような冷たい声で言った。

「アーレーシャン王国の姫ぎみを、汚して穢して、快楽ばかりを求める人形のようにする……きみの両親は悲しむだろうね？　愛しい娘が、ここに……」

「い……ぁ、あ、あ！」

ささやきでエルシィの肌をくすぐりながら、ルードヴィーグは手を伸ばした。際限なく蜜を流す秘所に、指先で少し触れてくる。

「男のものを欲しがって……泣いて、欲しがっているなんて。ここをひくひくさせて、こっちからも涙を流してるなんてね」

「や、め……、ルード、ヴィーグ……」

掠れた、涙声でエルシィは言った。

「そういう、こと……言うの、……い、や……」

「だって、本当のことじゃないか」

ルードヴィーグは、侮るような表情を見せた。そして敏感になった表面を指先で撫で、エルシィに嬌声をあげさせる。

「ここ……ずっとひくついてるのを、私は知ってるよ。欲しいって思いながら、声には出せなくて……淫らな、姫ぎみ」

「ひぅ……、っ、……」

尖った芽の先を、ルードヴィーグの爪が引っかく。びりびりと刺激が伝い来て、エルシィは息を呑んだ。もっと刺激を、と待ち焦がれている欲望が体の奥でうねる。エルシィは思わず下肢を突き出したけれど、両腕を拘束されているせいでうまくいかなかった。

「や……、ぁ……、っ、……っと……」

「もっと、欲しい?」

ルードヴィーグの指先が、蜜園の中に埋められる。ちゅくん、とすくいあげられ、その衝撃にエルシィの腰が跳ねる。淫らな蜜で濡れた指先を舐めながら、ルードヴィーグはにやりと笑う。

「欲しいって……言えないんなら、態度で示して? 私を、その気にさせて」

「あ……は、……、っ……」

誘う言葉につられるように、エルシィの腰は揺れ動いた。両腕を拘束されているから満足な動きにはならないけれど、それでも今のエルシィは、誰が見ても男をねだって身をくねらす淫らな女だろう。

「……っあ、……ん、……、ん、っ……」

欲しい、とひと言言えばいいのだろうか。エルシィを見つめるルードヴィーグの目はぎらついていて、彼もまた欲望を満たしたいと願っているのがわかる。それでもエルシィは、ルードヴィーグの強要する言葉を口にすることができない。

「いや、いや……、っ、……んぁ……、っ」

「まったく、素直じゃない」

ふっ、とルードヴィーグは乱れた呼気を吐いた。それが濡れた頬にかかって、エルシィはびくりとする。体の奥が疼く。まるで深い部分に炎が燃えていて、ルードヴィーグの声、動き、吐息ひとつひとつに反応して勢いを増しているようだ。炎はエルシィを煽《あお》り立て、立て続けに掠れた嬌声が洩れた。

「……こうして、ほしいんだろう？」

「や、ぁ……、っ……！」

ルードヴィーグの手が伸びる。彼の硬い手のひらはエルシィの臀にすべり、ぐいと持ちあげる。脚が自然に開き、くちゅりと蜜園が音を立てた。濡れそぼったそこは、開いたことで冷たい空気を感じて、それさえもが刺激になってエルシィを震わせる。

「ここに……、太いものが、欲しいっていうんだろう？」

「ひぅ……、っ、……」

「中に、挿れて……ぐちゃぐちゃにかきまわしてほしいんだろう？」

「っ、あ……ああ、あ……っ……！」

ルードヴィーグが、自分の下衣に手をやった。しゅっ、と音がしてエルシィが涙の張った瞳をそちらにやると、ルードヴィーグの怒張が隆々と勃ちあがり、先端を透明な蜜で濡らしているのが目に入る。あまりにも逞《たくま》しい男の欲望が、そこにあった。

エルシィの秘密の場所は、それにかきまわされて血を流した。深くまでを穿たれ、止《と》め処《ど》なく感じさせられた。痛みを伴った快楽はあまりにも深く、エルシィの体は、はっきりとそれを覚えている。

「あ……、ルードヴィーグ、っ……」

「わがままな姫ぎみ」

侮る声でそう言って、彼は自分のものを手にした。それがぬめって濃い色に染まっているのがわかる。彼もまたエルシィを欲していて、欲望はエルシィの体を犯す瞬間を待っているのだということが知れた。

ぎりぎりと縄が鳴る音と、エルシィのもどかしい叫びが暗い部屋に満ちる。

「ああ……、ぁ、……っ、……」

彼の欲望の先端が、秘所に触れた。くちゅりと淫らな音のするくちづけを、ルードヴィーグは繰り返した。先端だけを挿れて、引き出し、また挿れて、焦らす動きにエルシィは先を待って腰をくねらせる。

「や……、い、や……、っ、……」

「きみが、欲しがっていたものだろう？」

今度はもう少し、深くまで突き込みながらルードヴィーグは言った。

「これが欲しかったんじゃないのか？　挿れて……深くまで抉って、ぐちゃぐちゃにしてもらいたいんだろう？」

「いや、や……っ、……っあ、あ、ああんっ！」

彼の淫芯の、欲に膨らんだ傘の部分が挿ってくる。ずくん、と突かれた中は受け止めるものを悦んで、うねった。その反応は体中に響き、エルシィは声をあげて仰け反る。

ぎし、ぎし、と縄が音を立てた。手首に食い込む縄は痛みを伴い、しかし下肢から迫りあがる快楽はその痛みさえをも凌駕《りょうが》して、快楽に変えてしまうのだ。

「あ、あ……ああ、あ……っ……」

「姫ぎみは、ずいぶん悦んでいることと見える」

はっ、と荒い息を吐きながら、ルードヴィーグが言った。

「私を、くわえ込んで離さないよ……？　ほら、先を挿れただけなのに、中がきゅうきゅうって締まって……」

「やぁ、……あ、あ、……っ……」

淫らな言葉で攻められることに、エルシィの体はざわつく。そんな彼女の反応を感じ取ってか、ルードヴィーグは自身を引き抜き、エルシィに切ない思いをさせてからまた突いた。

「ひ……、ぅ、……、っ、ん、んっ！」

しかし挿入は中ほどまでで、奥のもっとも感じるところには届かない。それでも内壁は押し拡げられて隠れていた敏感な部分を擦り、エルシィの背は痛いほどに反った。

「あっ、あ……ああ、あ……、っ……」

ルードヴィーグは、そこを攻め立てるように何度も突いてくる。じゅくりと音を立ててゆっくりと押し、やはり淫らな水音を立てて引き抜き、もどかしいまでのその動きは、エルシィの蜜襞の感覚を味わっているかのようだ。

じっくりと攻められる焦れったさと、突きあげられる感覚にエルシィは身悶え、彼女の体が反応するたびに縄がぎしぎしと音を立てた。

「やぁ……、ん、っん、……、っ……」

「まだ、こんなところまでしか挿れていないのに」

はっ、と乱れた息を、彼は吐いた。

「もう、そんなに感じて……どうするの？」

そのまま意地の悪い声で、ルードヴィーグが尋ねる。

「奥まで挿れたら……きみ、気が狂って死んじゃうんじゃないの？」

「そ、な……、ぁ……ああ、あ……！」

擦られ、拡げられる襞の深さが増す。エルシィを焦らして緩い抽挿《ちゅうそう》を繰り返すルードヴィーグは、掠れた声でエルシィを侮る。

「まだ、一度しか犯してあげてないのに……こんなに感じるなんて、よほど素質があったってこと……？」

「いぁ……、っ、……、っ」

「それとも……、その格好が、よっぽどいい？」

「ちが、……、違う、……ん、な、の……っ……」

ぎし、ぎし、と縄の立てる音。ぴちゃ、くちゅとルードヴィーグの欲望が出挿りする音。エルシィのあげる嬌声に、ルードヴィーグの低い呻き。それらが、この嘆きの塔の一室に籠もって奇妙な不協和音を奏でている。耳に届く音はエルシィの身の奥の炎を燃え立たせ、縛られた腕の痛みさえも快感に変わってくるように感じる。

「振り子に、吊り下げられて……こうやって、男に犯されて。こんなめちゃくちゃにされて、きみは悦んでるんだね」

「いや……、ち、が……、の……、違……、っ……」

ずくん、ともう少し深い部分を突かれた。びりっ、と快感が走る。拡げられた脚をさらに開こうとでもいうように、ルードヴィーグの手がエルシィの内腿にかかる。

彼の手のひらは硬くて熱くて、薄い皮膚はそれにさえも感じた。溢れる蜜は突き込まれたルードヴィーグの欲芯を伝い、ぽたぽたと石の床に落ちる。

「違わないよ……、こんなに濡らしておいて。なにも知らなかったくせに、気持ちいいことだけはすぐに覚えるんだ?」

「違う……、ち、が……、あ……ああ、……っ……」

じゅくんと中ほどまでを引き抜かれ、すると内壁が彼を追う。重なり合った肉が捩れ、感じる敏感な部分が剝き出しになる。そこから伝わってくる感覚にエルシィは大きく腰を震わせて身悶えし、呑み込む彼をきゅうと締めつける。

「違わないよ……、きみがなんて言ったって、きみの体は正直だ。ほら……きみの中が、どんなに反応してるか。どれだけ私に絡みついて、離れないか……」

ああ、とエルシィはうわずった声を洩らす。彼の与えてくる快楽を追って自分の体が反応しているのはわかっている。しかしエルシィ自身、そんな己《おのれ》の欲望についていけていない。ルードヴィーグに嬲られ煽られ、体の奥が耐えがたいまでに熱くなっていることはわかるけれど、どうすればそれが治まるのか——。

また、ああ、とエルシィは掠れた嘆息を洩らす。

「たくさん教えて……？　縛られて、振り子に吊り下げられて。男にいたぶられる感覚が、どんなものか」

「いぁ……、ああ、……っ……！」

半分ほどまでを引き抜いたルードヴィーグが、今度はいきなり深くを抉ってきた。今までにない深い場所を擦られて、エルシィは引き攣れた声をあげる。

しかしすぐに引き抜かれ、濡襞を拡げられた。ぐちゅぐちゅとふたりの淫液の混ざった摩擦音があがる。それがあまりにも淫らで、指の先までがかあっと熱くなるのがわかる。

「……なんて顔、するんだ」

はっ、と息を吐きながら、ルードヴィーグが呻く。

「そんな……淫らな。仮にも、一国の姫ぎみの見せる表情じゃないね？」

「……っ、ん……な、ぁ……、っ……」

「そんなに目を潤ませて、唇を濡らして、開いて……。端からは蜜をこぼして、ね」

繋がった部分の立てる音に、縄の軋みが混ざる。自分は囚われの身で、自由を奪われてすべてをルードヴィーグに委ねるしかない。そのことがエルシィの体内の炎を大きくした。

なぜなのか。理由などわからない。ルードヴィーグが苦しげに低く呻いている、その声があまりにも艶《なま》めかしいからか。痛みと快楽の混じり合う、今までに知らなかった感覚がエルシィを煽り立てるのか。荒い呼気とともにエルシィは身を捩り、ぎしっと軋む縄の音に、びくりと身を震わせた。

「ひ、ぁ……、ぅ……、っ……」

ずくん、と彼自身が深く挿ってくる。蜜襞が拡げられ、奥から滲む淫液は彼の挿入を容易にする。今までにない深くを突かれ、子壺の挿り口を擦られたとき、エルシィは思わず大きな悲鳴をあげた。

「いぁ……、あ、あ、ああ、あっ！」

指先にまで伝わる感覚は、まるで雷が走ったような。目の前が一瞬真っ白になり、体の感覚、すべてがそれに持っていかれた。

「……、……あ、……、っ……、あ……あ！」

そこをぐちゅりと擦られて、蜜を絡めながら引き抜かれて。そしてまた突かれ、エルシィは痛いほどに背を反らせた。ぎりぎりと、縄が音を立てる。手首から伝わってくる痛みと、感じる箇所を突かれての快楽はない交ぜになって、エルシィを攻めあげた。

「や、ぁ……、っ、……、っ、……」

「ここが、きみの感じるところか」

突き立て、引き、再び突いて、その動きが、何度も繰り返される。エルシィは身を捻らせるものの、ルードヴィーグの手がその細い腰にかかった。ぐいと引き寄せられると、下肢だけがルードヴィーグを深く呑み込み、上半身は振り子に吊らされて伸ばされるという不自然な、苦しい体勢になった。

「いた……ぁ、……、っ、……」

「気持ちいい、の間違いだろう?」

完全に引き抜く寸前にまで引き、するとふたりの淫らな場所は絡み合った互いの蜜の糸で繋がる。それが切れる前にルードヴィーグはまた腰を突き立ててきて、ぐじゅぐじゅと乱れた音があがった。

苦悶《くもん》の体勢を取らせられているはずなのに、エルシィの体の奥からは迫りあがるような快楽が生まれる。痛い、苦しい、と叫びながらも、感じているのはそれだけではないことはエルシィ自身が一番よく知っていた。

(どうして……、どうし、て……!)

苦しいばかりであるほうが、まだましだ。振り子に縛りつけられて、脚を大きく開かせられて、その間に男をくわえ込まされて。肉塊を出し挿れされて媚肉《びにく》を拡げられて。このような屈辱など耐えがたいはずなのに、エルシィの口から洩れるのは喘ぎばかりだ。

それはまるで甘えているような、先をねだって縋《すが》っているような。エルシィは大きく口を開いた。いやだ、と抵抗しようと声を立てようとして、しかしこぼれるのはやはり嬌声だった。それはルードヴィーグが奥を、あの感じる部分を突いたときさらに大きくなった。

「やぁ……ああ、……ああ、あ、……、ん、っ……！」

「ふふ……、ここを突くと、本当にいい声を出す」

ずく、と突き、少し引いてまた突いて。その部分を執拗《しつよう》に愛撫しながら、ルードヴィーグはつぶやくように言った。

「振り子に縛られているとは思えないな……、それとも、だからこそきみは感じるの？」

「ん、な……、ぁ……ああ、あ……っ……」

濡れた音を立てて突かれるたびに、身の奥の彼が大きくなっていく。くわえ込むのが精いっぱいで、抽挿の動きについていけない。エルシィは、はくはくと咽喉の渇いた犬のような喘ぎを洩らしながら、体の中の熱が大きく膨らんでいくのを感じている。

「こうやって、縛られて……吊り下げられて。きみは、それを悦んでるんだ。私に貶《おとし》められて……それを、求めてるんだ」

「いや、……、ち、が……、そ、んな……っ……」

エルシィは、ふるふると首を振る。そんな彼女の腰を引き寄せ、ルードヴィーグはさらに、ずんと奥を突いた。

「や、ぁ……、っ、……、っ……！」

目の前が、ちかっと光った。感じる部分を太い幹で何度も擦られ、その速度が増していく。じゅく、じゅく、と繋がった部分が音を立てる。そしてひときわ強く、突きあげられたとき。

「……達くよ」

ルードヴィーグが、掠れた声でささやいた。

「きみの中を、穢すよ……深いところにまで、注いであげる」

「っあ、……、ああ、……あ、……」

その声はあまりにも艶めいていて、エルシィは聴覚からも感じてしまう。濡れた音、色めいた声がエルシィの性感をかき立てる。最奥を擦りあげてずんと突かれ、エルシィの全身を、あまりにも高い熱が貫いた。

「ひぁ……、あ……、ああ……、っ……」

「……っ、……う……」

嬌声をあげる唇を、塞がれる。ふたりの乱れた声は絡み合い、混ざり合い、そして体内で弾けた、粘着質のもの。それに体の中を舐められて、エルシィの脳裏で白いものが響く。

「や……ああ、……、っ、っ……、……、っ！」

縄で縛られた腕の感覚も、その白さに塗り潰されてしまう。つま先までが、大きく震える。全身が小刻みに震え、まるで皮膚が剝き出しになって、感じる神経で直接ルードヴィーグの放つ熱を受け止めているかのようだ。エルシィは何度も身をわななかせ、くちづけの間から嬌声をこぼし続けた。

「ああ、あ……、っ……、ああ、……、ぁ……」

ルードヴィーグの舌が挿ってくる。熱っぽく口腔をかきまわされた。ん、ん、とエルシィの苦しい呼気が洩れる。舌と同じように彼の欲望もエルシィの奥を乱し、どく、どく、と粘ついた熱を放ってくる。

「……ん、っ……、っ……」

深いくちづけに唇を奪われながら、エルシィは何度も荒い呼吸をついた。胸が激しく上下する。体の奥が熱くて、まるで炎で直接炙《あぶ》られたようで、同時に感じるのはどうしようもない快楽だ。深い部分を染める愉悦が、指先にまで伝わってくる。

すべてをルードヴィーグの熱に支配されて、エルシィはただ身を震わせるしかない。そんな彼女から、ルードヴィーグは唇をほどく。ふたりの間を、銀色の糸が伝った。

「ふふ……」

彼は、大きく体を震った。すると最奥の感じるところに痺れのような刺激が這って、エルシィはぞくりと身をわななかせた。そんな彼女の、やはり震える唇をぺろりと舐めあげながら、ルードヴィーグはささやいた。

「うつくしいよ、エルシィ」

軽く唇に咬みつき、その痕を舌で癒やしながら、ルードヴィーグは言った。

「そんな、淫らな……頬を染めて。こんな、顔……」

その舌で、エルシィの熱い頬を辿りながらルードヴィーグは続ける。

「きみの両親が、こんなきみの姿を見たら……どう思うだろうね？」

「……、……！」

快楽に溶かされていた意識が、突如はっきりとする。父と母の顔が、脳裏を走った。愉悦に乱れていた肌が、急に冷水をかけられたような感覚に陥る。

「我がセデルマク王国を滅ぼして、勝利の美酒に酔っているんだろうが……かわいい娘が、こんな目に遭ってるなんて……悦んで男を呑み込んで、腰を振ってるなんて。この光景を見たら、憤死するかもしれないね」

ぎりり、と縄が手首に食い込む。それは今までエルシィのあげていた声、受け止めていた感覚、それを悦んでいた体を責めているようだと思った。しかしそんなエルシィの意識を置いて、体はまだ蜜を流す。繋がった部分は粟立《あわだ》っている。自分の体の反応に、エルシィは絶望した。

「……外して……。こ、れ……、っ、……」

ねじりあげられた肩の関節が痛む。長い間頭上に手をやっているせいで指先からは血の気が失せ、縄はエルシィの柔らかい肌を嚙んでいる。冷や水をかけられたような今の意識では、自分が囚われの身であり、ルードヴィーグの思うがままであるということがはっきりと意識できた。

「お願い……、外し、て……っ……」

ルードヴィーグは、にやりと笑った。まるで獲物をとらえた肉食獣のような表情に、エルシィはぞくりとする。彼は腰を引き、ずるりと音がして欲望が抜け出ていった。いまだ硬い彼に擦られて媚壁が反応し、エルシィはひくりと腰を震わせる。繫がったふたりの秘所には、粘ついた蜜がひと筋伝った。

「きみは、うつくしい……。言ったじゃないか」

彼自身はいまだ隆々とした形を保ち、ぬらりと淫らな蜜をまといつけている。しかしルードヴィーグはそのようなことなどお構いなしに、下衣を引きあげ手早く身なりを整えた。

エルシィはなにもまとわない下半身を晒したまま、彼の視線を受けることになる。まるで自分だけが淫らな者のように見えて、羞恥にエルシィはうつむいた。

「そんなうつくしい姿を見せてもらえて……嬉しいよ。きみとは幼いころからずっと一緒だったけれど、きみがこんな……淫らでうつくしいなんて……、考えたこともなかった」

「や、めて……」

震える声で、エルシィは言った。せめてもの抵抗に脚を固く閉じ、しかし花びらはいまだ濡れてぴちゃりと音を立て、脚を閉じる刺激だけでも思わず吐息をついてしまうほどに、感じた。

「いや……、こんな、格好……。外して、お願い」

「じゃあ、うんと色っぽく、私にお願いしてみて」

意地の悪い声で、ルードヴィーグは言った。

「お願い、って……もっと、色っぽく言うんだよ。私がまた、きみを犯したくてたまらなくなるくらいね」

「そ、んな……、っ……」

そのような手管が、エルシィにあるはずもなかった。しかし彼の獲物であるエルシィには、選択肢などないのだ。エルシィは、精いっぱいの媚態で声を紡いだ。

「お、ね……が、い……」

「ああ、だめだよ」

ふん、と嘲笑うようにルードヴィーグは言う。

「そんな、怖い目をして脚を閉じて……まるで、貝みたいじゃないか。そんなきみに、私が欲情すると思うのかい？」

「……そ、んな……、……っ……」

では、どのような目つきをすればいいのか。自ら脚を開けというのか。エルシィは怯んだ。そんなエルシィを責めるように、ルードヴィーグが見つめてくる。

「誘ってごらん、エルシィ」

まるで聞き分けのない子供に言い聞かせるように、ルードヴィーグは言った。

「もっと、色っぽい目つきをして。大きく脚を開くんだ。どうせ、まだ濡れて……溢れてきてるんだろう？　そこを、見せて。私に、じっくり見せて」

「や、あ……、っ……」

あまりのルードヴィーグの言葉に、エルシィはおぼつかない声をあげる。しかし見つめてくるルードヴィーグの瞳は濡れていて、エルシィを解放するつもりはないようだ。エルシィは、呼気を吐いた。

ルードヴィーグの欲望を前に、エルシィに逃げ場などなかった。殺してもらえないのなら、こうやってルードヴィーグの復讐を受け入れるしか道はない。諦めの心に、また息をつく。

「見せて。エルシィ」

強要するルードヴィーグの声音が、引き金になった。エルシィはぎゅっと目をつぶって、そしてそろそろと脚を開いた。

「目は？　そんなふうに閉じてちゃ、きみのきれいな目が見えないじゃないか」

「あ、……、っ……、っ……」

しかしルードヴィーグの目の前、自ら脚を開いている自分を目に映す勇気は、エルシィにはなかった。エルシィ、と呼びかけられ、懸命に目を開けようとするものの、自分の取っている格好、さらには自分に注がれているルードヴィーグのまなざしを思うと瞼《まぶた》はどうしても動かず、ただ唇を震わせるだけになってしまう。

「エルシィ」

残忍な声が響く。それに背を押されるように、エルシィはそっと目を開ける。ゆっくりと開いた目には、声以上に残酷で、同時にエルシィの体を舐めあげるように見つめてくるルードヴィーグがいる。

「さっき、幼いころ……って、言ったね」

微かに乱れた声を紡ぎながら、ルードヴィーグはささやいた。

「まだ、私たちが……きみの髪がずっとずっと短くて。会うたびに、野原を駆けまわって遊んでいたころ」

彼の口調は、濡れて色めいている。昔話にはふさわしくない声音だ。同時にエルシィは、あのころのことを思い出して身震いした。あのころは、アーレーシャン王国もセデルマク王国も平和だった。ふたりは仲のいい婚約者同士で、今のこのような状況など、想像することもなかったのに。

「あのころから、私はきみの、そういう格好が見たかった。縛りあげられて、吊《つる》されて……淫らに喘いで、私を誘うところを、ね」

「そ、んな……、っ……」

嘘だ、と叫びたかった。結婚の約束だと言って、左手の薬指に赤い紐を巻いてくれたルードヴィーグが、そのような淫心を持っていたなんて。そのようなこと、信じられない。

「う、そ……、っ……」

「嘘なもんか」

彼は、濡れた舌で唇を舐めた。そんな彼の姿に、エルシィはますます自分が囚われの身であり、彼の言うがままになるしかないのだということを悟る。

「いつ、きみを抱くか……きみを、喘がせることができるか。まぁ、あのころは、婚姻式のあとの初夜のベッドできみを抱くことになると思ってたけれど」

ルードヴィーグの手が伸びる。そっと顎に触れられて、びくりとした。ルードヴィーグは目をすがめ、愉《たの》しそうな表情でエルシィを見つめる。

「でも……こっちのほうがいいね。きみは、こういう格好がよく似合う。きみのような誇り高き姫ぎみが、こんな……拘束具に縛りあげられて屈辱にまみれているなんて……そんなところを、見られるなんて」

「ルード、ヴィーグ……、っ……」

「そういう意味では、私は両親に感謝すべきなのかな」

またエルシィの頬に舌を這わせながら、ルードヴィーグは言う。

「このようなことなければ、きみのこんな姿を見ることはなかった……私自身、こんなきみの姿に興奮するとは、思っていなかった……」

彼の手が伸びる。それは剝き出しのエルシィの腿をなぞり、すべり落ちていく。また、蜜園に触れられるのか。いい加減限界を迎えているエルシィは、腕を下ろすことも許されずに、また彼に犯されるのか。

「エルシィ」

情欲にまみれた声でそう言ったルードヴィーグは、手を離して自分の懐に入れる。現れたのは銀の柄に緑の宝石の埋め込まれた小さなナイフで、その鞘《さや》を抜くルードヴィーグの手を、エルシィは目を見開いて見つめた。

「あ、っ……？」

殺されるのか、と期待した。なんといってもルードヴィーグがこのようにエルシィをもてあそぶのは、復讐のためなのだ。さんざん籠絡《ろうらく》した体を、最後にひと突きして殺す。それは充分に考えられることで、苦痛から逃れられる喜びと同時に、つま先からぞわりと悪寒が全身を駆け抜ける。

「……あ、……、っ……」

ルードヴィーグは、立ちあがった。そしてエルシィの腕を拘束している縄を引き寄せると、ナイフの刃を当てる。ぎりっ、と音がして、振り子に吊りあげられていたエルシィの体が、石の床にくずおれた。

「は、ぁ……、っ……、……」

長い間吊ったままにされていた手に、血が戻ってくる。一気に流れ込んでくる熱い血に指先が痺れ、その衝撃にエルシィはうずくまって呻いた。

そんな彼女を見つめていたルードヴィーグは、やがてきびすを返す。かつかつと、彼の靴音《くつおと》がする。解放されたのはいいけれど——まだ濡れそぼった下肢と汚れた薄いドレス一枚で、エルシィはどうすればいいのだろう。

（あの者が、来るのかしら……アンセルムと言っていた、ルードヴィーグの従者）

彼に、世話をされるのだろうか。自分のための侍女のひとりもいないというのは、道具に拘束される以上の屈辱だったけれど、囚われの身のエルシィは、ルードヴィーグの言うがままになるしかない。男の手に後始末をされるという羞恥にも、耐えなくてはいけないのだ。

　びりびりと痺れる手、そして縄で縛られてかすり傷だらけになった手首を押さえながら、エルシィは唇を噛んだ。以前のように意識を失ってしまうことができたら、と思ったけれど、そんな期待を裏切って、エルシィは眠ることもできなかった。

三階　鸛《こうのとり》

きらり、となにか眩しいものが視界に入る。

差し出された手の上に乗っているものが、輝いているのだ。

「まぁ、ルードヴィーグ。それ、なに？」

「池の底で見つけたんだ」

幼いルードヴィーグの声が、弾んでいる。

「宝石みたいだろう？　エルシィにあげる」

「でも、ルードヴィーグが見つけたんでしょう？」

「いいんだ、エルシィにあげる」

そう言いながら、彼は手の上のものを近づけてくる。きらり、きらり、と輝くそれは、しかしあまり近づけられては眩しくて。

「眩しいわ……、ルードヴィーグ」

声がはっきりと聞こえて、ふいに目が覚める。

夢だったのだ。自分の声で目覚めたエルシィは、なおも瞼を通してくるきらめきに眉根を寄せた。頭は覚醒《かくせい》しても体はまだ眠りの中にあって、光に邪魔されては安らかに眠ることもできない。

「……ん、……っ……」

光から逃げようと、エルシィは寝返りを打った。しかしエルシィの首になにかがかかり、ぐっと力を込めて押さえつけられる。

「な、……に……、っ……」

ぼんやりとしていた意識が、いきなりはっきりとした。エルシィは目を見開き、ベッドの上にのしかかって自分の首を押さえているのがルードヴィーグであることを知る。

「ルー、ド……ヴ、……グ……っ……」

力はそう強くない。呼吸を押さえられるほどではないものの、しかし息苦しいことには変わりない。エルシィは瞠目してルードヴィーグを見あげた。

(とうとう……わたしを、殺すの?)

唇がわななないた。じっと見下ろしてくる蒼い瞳は、以前彼が言ったとおり、憎しみに彩られているようにエルシィの目に映った。

(殺、される……のね)

それでいてどこか、悲哀のような色を感じるのは気のせいだろうか。死にゆくエルシィを、哀れんでいるのだろうか。

(首を……、締めて?)

わざわざ嘆きの塔などに連れてきて、鳥籠だの振り子だの、残酷な道具でエルシィをもてあそんで。その挙げ句が絞殺《こうさつ》なのか。このような方法で殺すのなら、さっさと殺していただろうにという思いもある。そしてあの、夢の中に幸せだった時間を呼び起こした眩しい光。

「な、にを……?」

「エルシィ」

低い声で、ルードヴィーグは言った。がちゃり、と金属音がして、エルシィは彼がなにかを持っていることに気がついた。

「おとなしくしてるんだよ」

「なん、なの……?」

大きな、エルシィの体では抱えるのも大変そうな大きさの、金属の——なんだろう。巨大なそれは石炭ばさみのように二股《ふたまた》になっていて、先端が円く輪になっている。輪は、二股の上のほうにもついていた。

ごくり、とエルシィは息を呑んだ。見たこともない奇妙な器具だったけれど、エルシィは知っている。ここは嘆きの塔で、とらえた者に責め苦を味わわせるための場所なのだ。そこにあるものといえば拘束具に違いなく、今からエルシィは未知の苦しみを与えられるのだ。

「や、ぁ……、っ……」

エルシィは、逃げを打とうとした。しかしルードヴィーグの手の力は強く、エルシィは逃げられない。彼は片手にした異様な道具をエルシィにかぶせるようにし、石炭ばさみの根の部分にある輪にエルシィの首を嵌《は》める。

輪は緩くて苦しいというほどではなかったけれど、しかし首を絞められている感覚は変わらず、エルシィは喘いだ。

「や、め……て、……、ルードヴィーグ……っ」

「今日も、私を愉しませてくれるだろう？」

にやり、と微笑みながらルードヴィーグは言った。その笑みはエルシィをぞっとさせ、この大きな石炭ばさみのような道具がやはり拘束具で、また彼はエルシィを攻め立てるつもりであることを知らしめている。

「かわいいエルシィ……」

うたうようにそうつぶやきながら、今度は石炭ばさみの中ほどにある輪にエルシィの手首を嵌める。エルシィといえば、素早く首と手首を拘束されて身動きができず、ただただ恐怖に震えるばかりだ。

「あ……、っ、……、やぁ……、っ……」

薄い夜着が、引きあげられる。夜着以外なにもまとっていない下半身が露《あらわ》になった。

ルードヴィーグの手がエルシィの腰を撫であげ、臀の形をなぞる。その感覚に、彼の愛撫に慣らされたエルシィの体は反応を見せ始めた。身の奥が疼き、蜜が溢れてくるのがわかる。それは、恐怖に縮み込む体をしっとりと潤していく。

輪に嵌まって寄せていることでより盛りあがった乳房、その先端は硬く尖り始めていて、夜着越しにもその形がわかるだろう。

「ふふ……、かわいい、エルシィ」

ゆっくりと、彼は言った。その手は腿にすべり、その裏側をぐいと持ちあげる。エルシィは両脚の谷間をルードヴィーグの目に晒すことになり、しかし恐怖と器具の拘束のせいで、ただ目を見開いて震えることしかできない。

「ほら、濡れてきてる」

「や、ぁ……、っ……」

自分の体の変化を知らしめられて、エルシィは身を捩る。そのような動きでルードヴィーグの手から逃げられるわけがなく、彼の視線は押し開いたエルシィの両脚の間に注がれている。その羞恥に、エルシィは呻く。

「鸛って言うんだ」

愉しげに、ルードヴィーグは言った。

「ほら……鸛がくちばしを開いた形に似てるだろう？　禿鷹《はげたか》の娘って言う地域もあるみたいだけど」

「や、……、や、め……て……」

「きみのお願いなら、なんだって聞いてあげたいけどね」

そのようなことなどちっとも思っていないような口調で、ルードヴィーグは言った。

「見たいんだよ……、きみが、鸛に束縛されて……色っぽい姿を見せてくれるのを、ね」

残酷な口調でそう言って、ルードヴィーグは押しあげたままのエルシィの脚を撫で、その足首を摑んだ。それを、石炭ばさみの先端についている輪に挟む。

もう片方の足も同じようにされ、エルシィは首を輪に、両手首も輪に拘束されて両の乳房を挟み込む格好を取らされた。寄せあげられた乳房は薄い布越しにも、張りつめ、乳首が尖っているのがわかる。

さらには、両脚は拡げて折り曲げられ、足首を締めあげられていた、石炭ばさみの開いたところ、ルードヴィーグ曰《いわ》く鸛のくちばしの先端部分には金属の棒が渡されていて、それにぐいと脚を拡げさせられ、蜜をこぼし始めている秘所を晒す格好を取らされている。

「い、や……、っ……」

ぎゅっと目をつぶって、エルシィは必死に首を左右に振った。

「こ、んな……、格好。い、や……っ……！」

「でも、似合うよ」

まるで新しいドレスでも着せつけたかのように、ルードヴィーグは言った。

「きみの、その表情……胸が盛りあがって、そんなに脚を開いて。こんな魅惑的な格好はないな」

今でも舌なめずりをしそうな顔つきで、ルードヴィーグは目を細めている。

「この、鸛は……本当は、ここの棒がもっと短くて」

ルードヴィーグは、エルシィが大きく脚を開く羽目になっている細長い棒を指先でこんこんと打った。

「脚を閉じさせて。太腿で胸や腹を圧迫して、苦しませるものなんだけれどね」

うつくしい歌でもうたうかのように、ルードヴィーグは言う。

「きみには、こうやって……きみのすべてを見せていてほしい。ここを……」

「ひぁ、あ……あ！」

棒に触れていたルードヴィーグの手が伸びて、その指先がエルシィの脚の間をすべる。くちゅ、と音ともに、そこがすっかり濡れていることをエルシィに知らしめた。

「ほら、こんなに口を開いて……今にも、挿れてほしそうだね」

ルードヴィーグは、今度は本当に舌なめずりをした。目の前のエルシィが極上のご馳走《ちそう》かなにかで、今にも食らいつきたいのを我慢しているとでもいうようだ。

「挿れてあげるよ……もちろん。きみが、気が狂うまで深く突き立てて、抉ってかきまわして……めちゃくちゃにしてあげる」

ぞくり、と悪寒が走った。今までにされてきた、さまざまなこと。貶められ屈辱を味わわされ羞恥を感じさせられて。その中に確かにあった、どうしようもないほどに感じてしまう愉悦のことが、蘇る。

「ルード、ヴィーグ……、っ……」

また、あのような目に遭わされるのか。エルシィは恐怖に駆られた。心臓がことこととと恐れに鳴っている。全身の肌がわななく。

「でも……まずは、キスからだね」

そんなエルシィを目を細めて見つめ、ルードヴィーグは身を寄せてくる。恐怖に震える唇に、くちづけられる。そっと触れてくるだけのキスは、まるで壊れものを扱うようだ。

しかしルードヴィーグは、復讐のためにエルシィを貶めているのだ。このくちづけも、エルシィを惑わせるためのものに違いない。油断をさせて、心も体もぼろぼろになるまで嬲り尽くす前の儀式に違いない。

「や、ぁ……、っ……」

エルシィはもがいた。しかし鸛に束縛されている体が自由になるはずがない。ルードヴィーグはくちづけを深くし、その舌がエルシィの唇を割る。中に入り込んで、暴れるエルシィの舌をからめとった。

「い、や……ぁ、あ！」

反射的に、口を閉じようとした。しかしルードヴィーグの舌はエルシィの口の中に入っていて、だから彼の舌を噛んでしまった。あ、と思ったときには口に血の味が滲んでいた。

「……エルシィ」

くちづけをほどき、呻くようにルードヴィーグが言う。

「今日は、ずいぶんとおてんばだね」

「ご、めんな……さ、い……」

「それとも、待ちきれないのかい？　早くってねだって、こんなことを？」

「違う……、ちがう、わ……」

舌を噛んでしまったことは申し訳ないけれど、ねだるなど、とんでもない。いっそこのことでルードヴィーグが呆《あき》れ、エルシィをひどい目に遭わせることを思いとどまってくれたらいいのに。

そう願ったエルシィだったけれど、血の味がルードヴィーグを激高させたことに気がつくのに、時間はかからなかった。ルードヴィーグは目をすがめて、またくちづけを降らせてくる。エルシィの唇の内側、柔らかい部分に歯を立て、きっと力を込めたのだ。

「い、た……、っ……」

思わずエルシィは叫ぶ。今度口に広がったのは、エルシィの血の味だろう。ルードヴィーグはくちづけを濃くして、エルシィの傷を舐めてきた。舌を這わせ、吸いあげてはちゅくちゅくと音を立てる。まるで、人間の血を啜《すす》るというヴァンパイア。エルシィは、ぞっと背を震わせた。

ルードヴィーグは、存分に血を吸ったのだろうか。エルシィの口腔の血の味が薄くなってやっと、彼はエルシィを解放した。しかし彼の唇はそのままエルシィの顎を、首筋を、鎖骨を這い、鶺で両腕を拘束されていることから寄せあげられている乳房の頂点に、くちづけを落とした。

「い、ぁ……、っ……、……!」

そこはすっかり、敏感な部分と化していた。少しのくちづけで、簡単に反応する。

そんな自分を恥じらう余裕を、ルードヴィーグはエルシィから奪ってしまう。

「ああ、……ぁ、あ……っ……」

「甘いね」

ちゅく、と音を立てて乳首を吸いあげながら、ルードヴィーグは言った。

「きみの血も、甘かったけれど……きみの肌も、ここも、甘い。どこもかしこも……きみは、甘い味がする」

「や、……ぁ、……、っ、……」

彼が吸いあげると、感じやすい乳首から伝って全身に感覚が走る。びくん、と跳ねる体は鸛と、のしかかってくるルードヴィーグの体に阻まれて、自由に動かすことができない。そのことが感覚をますます鋭くし、エルシィのつま先にまで力が籠もる。

「こうなっているきみの……体のすべてを舐め尽くすのもいいな」

ルードヴィーグは両手で、腋《わき》から乳房をより寄せあげる。ふたつの真っ赤に染まった尖りを合わせると、両方をひと息に舐めた。

双方《そうほう》から、びりびりとする感覚が伝わってくる。ああ、とエルシィは声をあげ、すると自分の声さえもが体に響く。耐えがたく身を捩っても、鸛ががちゃがちゃと音を立てるばかりだ。

「いぁ……、っ、……ん、……」

「こんなに張りつめて」

エルシィの乳房に触れながら、ルードヴィーグは赤い舌で先端を、そして白い肌をなぞる。

「わかる？　きみの乳房が、なめらかに艶やかに……ねだるみたいに、私の唇に吸いついてくるの」

「や……、っ、ん、……な、……」

きゅ、きゅ、と快感に敏感になった肌を揉みあげられる。先端を両方とも口に含まれて、吸いあげられる。強く吸われるとつま先までの痺れが走り、弱く吸われるともっとしてほしいと体が疼く。

もっと感じる場所に、と身を動かそうとしても自由にならず、ただ金属音が響くばかりだ。

「い、やぁ……、こ、れ……はず、し……」

「動けないのが、いいんだろう？」

また、エルシィの乳首を舐めながらルードヴィーグがささやく。彼の熱い呼気が肌を舐めあげ、エルシィはぶるぶると小刻みに体を震わせた。

「こうやって、拘束されて……自由にならないからこそ、感じるんだよ。もちろん、感度のいいきみのことだから、どんな格好でも感じるだろうけど。でも、こうやって身動きができなくて……身動きできないって感覚が、より感じることになるんだよ」

「いや……、ちが、……う、……ん、な……ぁ」

ぎゅっと乳房に、指を食い込まされる。立てられた爪が痛みを生んで、エルシィは甲高い声をあげた。

「ほら、感じてる」

爪の痕に、舌をすべらせながらルードヴィーグは笑った。その笑い声さえも濡れた肌に響き、エルシィはまた声を洩らす。

「きみは、自分の意思では腕ひとつ動かせない」

やわやわと、乳房を揉みながらルードヴィーグは言う。

「腕をつながれて、脚を閉じることはできなくて。私のなすがままに、声をあげるしかできなくて……」

「こんなの、いや……！」

エルシィは叫ぶ。過日の振り子はぎりぎりと体を戒められ、快楽と同時に痛みがあった。痛みに、逃げることができた。しかしこの鞴は、胸を圧迫されて苦しいけれど同時に感じる快楽もある。脚が大きく拡げさせられていて、すでに胸への愛撫で濡れ始めているそこにルードヴィーグがなにもしないとは考えられない。

「こ、んな……はずし、て……、この間のほうが、まし……」

「この間？」

ぺろり、と乳房から乳首を舐めあげながら、ルードヴィーグはつぶやく。

「振り子のことかい？　きみは、ああやって吊り下げられるのが好みなのかい？」

「この、み……、なんか、じゃ……」

ルードヴィーグは口を開き、ふたつの乳首をひと息に含む。きゅう、と力を込められて、エルシィは自分でも耳障《みみざわ》りな嬌声をあげた。

「ああやって、吊されるのがいいなら……また、そのうちやってあげよう」

「や、ちが……、違う、の……」

エルシィはふるふると首を振る。自分の髪が頬を打つのにさえも感じてしまって、語尾が掠れる。

「違う？　なにが違う……？」

舐めあげ、吸い立て、また舐めて。自分の唾液を塗り込めようとでもいうようなルードヴィーグの行為に、エルシィは背を仰け反らせて喘ぐ。

「吊されるのも好きだけれど、こうやって締めあげられて……舐められるのも、好きなんだよね？」

「やぁ、……ちが、う……っ、……」

ひう、とエルシィは大きく息を呑む。開いた脚の間を刺激されたからだ。ルードヴィーグが、膝で軽く突きあげてくる。そこはすっかり濡れそぼっていて、ちゅくりと音を立てた。

「ここも、すっかり濡れてるじゃないか……下着なんて着けなくて、よかったね。ただ濡らして、汚すだけだった……」

「いぁ、あ……ああ、あ……」

しかし、指や舌での繊細な愛撫ではない。ただ膝でぐりぐりとされているだけでは、下衣の布の感触があるだけだ。

指で撫でて、爪で引っかいて、舌で舐めてほしい。そんな欲求が胸の奥に湧きあがっているのを感じ、エルシィは首を振ってその欲望を振り払った。

「素直な声を出してごらん、エルシィ」

ちゅ、ちゅ、と甘い音とともに、ルードヴィーグはエルシィの乳房に赤い痕を残す。

「いや、とかだめ、とか言わないで。……悲しくなるよ」

「かな、しい……のは、あなたの、せい……じゃ、ない……」

乱れた呼気とともに、エルシィは精いっぱいルードヴィーグを責める声をあげる。

「わたし……、いや、なのに。こんなこと……いや、なのに……！」

「でも、きみのここはいやがっていない」

ずくん、と下肢を突かれる。乳首を吸われる。乳房を、形が変わるほどに揉まれる。

てしまう。

そのたびにエルシィは掠れた声を洩らし、確かに彼の手管に反応していることを示し
「ほら……、そんな声を出しておいて、いやだなんて」

「ひぁ……、あ……あ、ああ！」

「嘘つき」

ルードヴィーグの爪が、ぎゅっと乳房に突き刺さる。その痛みにエルシィは悲鳴をあげた。痛いはずなのに、敏感な神経を通して体の奥の感じる部分がひくひくと震える。あ、あ、と小刻みに声が洩れ、体は同じようにわななないた。

「ほら……こんなに反応して。まったくきみは、罪深いね」

「な……、に、を……っ……」

彼の濡れた赤い唇は、また乳首をくわえる。今までにない力で吸いあげられて、すると全身を大きな雷が貫いた。エルシィは大きく目を見開く。ひくりと口腔で舌が波打つ。咽喉の奥から、声が洩れる。

「ああ……、っ、……、っ……、……！」

鸛に拘束された足が、大きく反る。つま先までが痛いほどに反って、がちゃん、と拘束具が音を立てた。自由にならない体には痺れるような快感が這いまわり、腰の奥に集まって大きな熱となり、弾けた。

「……っあ……、ああ……、ぅ……、っ……」

「ふふ」

ルードヴィーグが、愉しそうに笑う。吸いあげた乳首を離し、今度は舌先でくすぐるように何度も舐められ、エルシィはなおも声をあげながら全身を走る快楽に耐える。

「達ったね……。胸だけで、達けるなんて」

言いながら、ルードヴィーグは顔をあげる。真っ赤に染まった乳首と彼の唇間には銀の糸が伝い、ぷちりと切れるのをエルシィはぼんやりと見ていた。

「は、っ……、あ……、あ、っ……、……」

「きみの体も、だいぶ快楽に慣れてきたってことかな？　こうされる悦びを感じるようになってきたってことかな」

「な、れて……、なん、か……っ……」

精いっぱいの声で、エルシィは喘いだ。

「こんな、こと……慣れたりなんか、しない……」

「いいや、きみはそのうち虜《とりこ》になる」

まだ敏感に震えているエルシィの乳首を舐めあげながら、ルードヴィーグは言う。

「もっとしてって、ねだるようになる……だって、ここも」

「ひぁ……あ、あ……っ！」

ルードヴィーグの手が、エルシィの体を這う。寄せあげられた乳房から、みぞおちへ、腹部へ。そしてその先の茂み、小さな芽が隠れている丘を撫であげた。

「や……ぁ、あ……ん、……っ……！」

「こんなに、して。ほら……きみの蜜で、ねとねとじゃないか」

「いや……、や、め……て、……ん、な……こと……」

ルードヴィーグの指は、小刻みに丘をすべる。腫れあがり勃っている芽には、彼の指が焦らすように触れてくるだけ。肉厚の指先が触れ、はっと息を呑むと指は離れて、淡い草むらを梳くように撫でる。もどかしさに腰を揺らめかすと、また触れられて。しかし乳首を強く吸われたときほどの強烈な快感はない。

「っあ……、ぁぁ……、っ……、っ……」

がしゃん、がしゃん、と鶴がエルシィの身動きに合わせて音を立てる。それが自分の感じているさまを示しているようで、金属音はエルシィに羞恥を感じさせた。しかしそのような音を出して、声をあげても、なにをしてほしいかなどとは言えるはずがなかった。

「や……ぁ、……、っ、ルー、ド……ヴィーグ……、っ……」

「かわいいエルシィ」

目を細めて、彼は言う。

「たまらないんだね？　ここを、愛してほしくて……」

「いぁ、あ……ああ、あ……！」

ルードヴィーグの指は、きゅっと芽を擦った。いきなりの強烈な快感に、エルシィは甲高い悲鳴をあげる。

「あ……あ、あ……、っ……、……」

「達っちゃった？」

まるで無邪気な子供のように、ルードヴィーグは尋ねてくる。もしかすると、そうなのかもしれない。荒い息とともに、エルシィは顔をあげる。ルードヴィーグの蒼い瞳が、じっとエルシィを見下ろしていた。

「でも……こんなのじゃ、全然足りないだろう？」

彼は、蜜園に指を埋めた。前後にきゅっきゅと擦られて、またエルシィは声を洩らす。

「もっと、深いところまで……いっぱいいじって、吸って、舐めて……してほしいだろう？」

「ん、な……、こと、……ぉ……」

恥ずかしげもなく、ルードヴィーグはそのようなことを言う。一方のエルシィは思わずかっと頬を熱くして、彼から視線を逸《そ》らせてしまった。

「こっち見て、エルシィ」

腫れた芽をつまみ、力を入れて押し潰しながらルードヴィーグは言う。

「きみをとらえている男が……きみの体を支配してるのが誰か、ちゃんと見るんだ」

今までエルシィを甘やかすようだったルードヴィーグの声が、にわかに厳しくなる。

エルシィは、はっと目を見開いた。そこには蒼い瞳に欲をしたたらせた男の顔があって、エルシィはどきりと胸を摑まれる。

「きみのすべてを握っているのは、私だよ。エルシィ」

二本の指が、蜜園を荒らす。ぐちゅぐちゅと音を立てながら快楽を与えてくる。今までエルシィを焦らしていたすげない態度など、なかったかのようだ。

「ああ、あ……あ、っ、……あ、ああっ！」

「きみは、私のことだけを考えていればいい。この、かわいらしい頭の中が……」

言ってルードヴィーグは、エルシィの額にかかった髪をかきあげた。肌はしっとりと汗ばんでいて、ルードヴィーグの温度の低い手が心地よかった。

「私で……私のことだけで、いっぱいになるように。ほかになにも考えられないように」

「いぁ、あ……ああ、……ん、っ……」

ルードヴィーグの指は、花びらをつまんだ。指はてんでに動き、ぐちゅぐちゅと音を立てる。伝い来る刺激はエルシィの感覚を、頭の中までをも満たし、彼の言うとおり本当に、エルシィのすべては彼に染めあげられていくようだ。

「エルシィ、きみは、私のものだ」

言ってルードヴィーグは、ちゅくんという音とともに指を脚の谷間から引き抜く。あ、と思わず声があがる。それは激しい刺激が治まってほっとしたがゆえか、それとも愛撫をほどかれたことを惜しがってか。

ルードヴィーグは、体を起こす。彼は再び乳首の先にくちづけて、そのまま唇をすべらせた。先ほど指で辿った乳房の間を、みぞおちを、そして臍《へそ》のまわりにキスを落とす。ちゅ、ちゅ、ちゅく、と吸われ、エルシィは腰を跳ねさせた。

「いあ、あ……ああ、あっ！」

「きみは、こんなところも感じるんだね」

痕がつくほどに強く吸いあげながら、ルードヴィーグは言った。その声が少しうわずっていて、キスされた痕に熱い呼気がかかるのはなぜだろう、とエルシィは思う。

「どこも、かしこも感じて……かわいい、エルシィ」

「ひぁ……ぁ、あ……っ、……」

舌の先が尖らされて、臍のくぼみをぐるりと舐めた。そこからびりびりとした刺激が伝い来て、寝台の上で跳ねる下肢をルードヴィーグが押さえる。彼はそのまま、先ほど指で梳いていた茂みの上を唇でつつき、キスを下へ、下へと落としていく。

「や、ぁ……、ん、……、っ……」

うごめく舌が、淫芽をとらえる。先端をくちゅと舐め、するとそれだけで絶頂を迎えてしまいそうな衝撃があった。エルシィは声を失って身を反らせ、その代わりに鶴ががちゃがちゃと音を立てる。

「……ん、……っ、……、ぅ……っ……」

根もとから先端へ、舌はエルシィの芽を舐めあげた。その濡れた舌がうごめくたびにエルシィは体を揺らし、金属音が部屋を満たした。

「だめ、……そ、こ……、そんな、し、ちゃ……」

「でも、ここはもっとしてって言ってるけどね？」

芽の先を、舌がつつく。するとどっと蜜が溢れ、生温かいしずくが臀に垂れていくのがわかった。

「ほら……きみの蜜が、流れてく。もっとってねだって、ここも震えてるよ？」

「いぁ……、っ、……、っ……！」

ルードヴィーグは、感じて勃つ芽を唇で挟み込むときゅっと吸いあげた。乳首への刺激以上にそこは敏感に快楽を感じ取り、エルシィの嬌声と鶴のあげるがちゃがちゃという音が、部屋に広がる。

「……っあ、あ……、あ……っ、……！」

「もっと聴かせて……、エルシィ」

ぞくり、とするような声で、ルードヴィーグはつぶやいた。

「きみの喘いで、啼き叫ぶ声……私しか知らない、きみの声……」

「や……、くわえた、まま……、しゃべっちゃ……、や、ぁ……」

「ふふ」

彼の唇はエルシィの芽をくわえたまま、何度も何度もきゅうきゅうと吸った。全身を這う痙攣、唇はわななきまともに話すこともできず、呼吸さえもままならない。激しく胸が上下するけれど、拘束具で乳房を寄せあげられて押さえ込まれる形になっていて、充分な息を吸うことができないのだ。

「きみが身動きするたびに、これががちゃがちゃいうね」

エルシィの脚を拡げさせている金属の棒を、ルードヴィーグが握って揺する。すると足首に嵌まっている輪が擦れて、痛みを生む。それさえもが奇妙な刺激となって、エルシィの性感を追い立てた。

「きみがどれだけ感じているのか、よくわかるよ……きみの声だけを聞いていられないのは、残念だけどね」

ちゅく、ちゅく、と何度も吸われた。根もとから先までを舐めあげられ、くわえら

れては力を込められる。何度も何度も、飽きることなどないかのようにルードヴィーグはあまりに激しい刺激を繰り返し、鸛は音を立てエルシィは掠れた声を洩らし続ける。

「いぁ、あ……ああ、……っ、ん、……ん、んっ！」

じゅく、と先端から溢れる蜜を啜りながらルードヴィーグは秘芽を解放した。舌はそのまま薔薇色に腫れた花びらにすべり、重なった狭間をぺちゃぺちゃと舐めていく。

「や……、っ、っあ、あ……ああ……っ……」

根もとまでを舌先で抉られて、花びらの形を辿るように動かされて。唇は濡れそぼった襞を挟み、ちゅく、ちゅくと吸いあげる。口腔では舌を動かされて舐められ、溢れる蜜を啜られる。

「だ、ぁ……、め、……っ、……」

ルードヴィーグの、あまりに淫らな攻めを止めようと手を伸ばそうとして、自分が拘束されていることを知る。脚を閉じたくて力を込め、しかし金属の棒がエルシィの自由を奪っていることを改めて確認する。

「やぁ……、いや、……い、や……、っ……」

「きみの、いや、は聞かないと言っただろう？」

花びらをかきわけるように、舌を使いながらルードヴィーグは言った。

「嘘つきな唇を、また塞いでほしい？　でもキスしたら、きみのここを愛してあげられなくなるけれど？」

「でも、……、で、も……！」

がちゃ、がちゃ、と鶺が悲鳴のような声をあげる。その合間に、エルシィの嬌声が絡まった。

「いや……、こんなの。あ、なたが……わたしを、愛している……と、いうの、なら」

喘ぎに混ざった声で、泣きわめくようにエルシィは言った。

「助けて……、やめて。こ、んな……の。いや、なの……い、や……」

「私がきみを、愛している証じゃないか」

ぺちゃり、と花びらを舐めあげながら、ルードヴィーグはささやく。

「こうやって、きみがなにもかも……私がきみに与えるなにもかもを、感じられるように……すべての愛を逃さないように、受け止めて……」

唇に挟み、蜜を呑み下して。舌を使ってまた新たな淫液を誘い出しながら、ルードヴィーグはくぐもった声で言う。

「こうしてあげていることが、どうしていや？　これほどに愛されて、きみは幸せなんじゃないのかい？」

「いや……、いや、いや……、っ……」

ふるふると、エルシィは首を振る。すると首に嵌められた輪が擦れて、ほかの部分と同じように擦《かす》り傷の痛みが生まれた。

「幸せ、な……わけ、ない……、っ……」

どうしてそのような考えが浮かぶのだろう。こうやって拘束具に圧迫され、身動きひとつ自由にならない状態で、男に体を好きにされている。それが、幸せなんて。そのような発想が、理解できなかった。

「おかしい、わ……」

掠れた声で、エルシィは叫ぶ。

「そんなこと、考えるなんて……おか、しい……、っ……」

なにかがエルシィの中で爆発する。その衝撃のままに、エルシィは声をあげる。

「昔のあなたは、もっと優しくて……そんなあなたを、わたしも愛して……、なのに、なのに……」

エルシィは、必死に言葉を継いだ。

「い……今のあなたは、こんな……こんなこと、おかしいわ……っ……！」

「おかしいのは、きみだ。エルシィ」

じゅく、と濡れた音とともに、ルードヴィーグが顔をあげた。彼の唇にはエルシィの蜜が絡まっていて、それを舐め取りながらルードヴィーグは欲に濡れた顔を笑みに染めて、エルシィに向ける。

「復讐のためだと、言っただろう？　私は」

エルシィは目を見開いた。そう言いながら、ルードヴィーグは今までに見たことのないような笑顔なのだ。

「復讐のために抱かれて。そんなに感じるきみのほうが、おかしい」

「っ……れ、は……」

思わず唇を噛んだ。そうやって自分を傷つけることを許さないというように、ルードヴィーグの指が噛みしめたエルシィの歯にすべる。

「きみは、私の仇の娘だ。今すぐこうやって、殺しても構わないのに……」

ルードヴィーグは、指をすべらせた。その指は、エルシィの首を拘束している輪にかかる。ぎゅっと力を込めて握って、するとエルシィは息ができなくなった。

「……か……、は、……っ……、……」

すぐに、手は離れた。しかし息を止められているというのは、咽喉を絞められるのは思いのほか苦しかった。エルシィは必死に息を吸い、すると急に入ってきた呼気に噎《む》せて、何度も苦痛の咳《せき》をした。

「は、ぁ……、ああ……、っ、……」

昔、幼い愛をかわした日々は戻ってこないのだろうか。エルシィの知っていたルードヴィーグとは二度と会えないのだろうか。その苦悶が、エルシィをますます苦しくする。

げほ、げほ、と咳を繰り返すエルシィの腰に、ルードヴィーグの手がかかった。ぐい、と臀を上げる格好をさせられる。しかし鶴が邪魔になって、これ以上膝を折り曲げることはできない。それでも彼の愛撫にさんざん蜜を洩らす秘所はぱくりと口を開け、挿ってくるものを待っている。

「……っ、ぁ……あ、あ……、……っ……」

エルシィ、とルードヴィーグがささやく。鶴のものではない金属音がして、しゅるりと布の擦れる音がして。ルードヴィーグが、彼の下半身をエルシィの秘部に押しつけてくる。

「やぁ……、っ、……、っ……!」

ずくん、と蜜口が破られる。男と交わることを覚えたばかりの体は、挿入にはまだ抵抗を示す。しかしそのようなものはなんでもないと言わんばかりにルードヴィーグは腰を進めてきて、熱が挿ってくる。蜜口は少しの抵抗ののち開き、男を受け挿れた。

「いう、……っ、……、っ、……」

火傷《やけど》しそうな温度の高さに、エルシィは呻く。ルードヴィーグの強い手はそんなエルシィの腰を押さえたまま、ずく、ずく、と淫らな欲望を突き込んできた。

「ひぃ、あ……、っ、……、……！」

蜜襞が、拡げられる。襞の奥に潜む、エルシィ自身も知らなかった感じる神経が目覚め始める。そこは浅い部分に挿り込んできた欲芯を受け止め、擦られては耐えがたいまでの刺激を受け止めさせられる。

「いぁ、っ、あ……ああ、あ……あ……！」

「エルシィ……、すいぶんと、こなれるのが早いじゃないか」

下肢の欲望を、くわえ込むのが苦しいほどに大きくした男が、言う。

「この間まで、挿れたらそれだけで痛いくらいに締めつけてきたのに……？　もう、こんなに柔らかい……」

「あ、ぅ……、っ……、っ、……」

なにを、と反論したくても、声は言葉にならない。エルシィの唇から洩れるのは喘ぎばかりで、呼吸さえもがままならなかった。

「ひぃ、……っ、……ん、……、っ、……ん……」

挿り口を突かれ、引き出されて、また突かれて。彼が柔らかいと言った蜜口は慣らされ、突き込まれるものを包むように襞が動いている。受け挿れて、震えている。そのわななきがエルシィの全身にたまらない刺激を与えてくる。指先までを痙攣させながら、エルシィは声をあげた。

「ん、ん……、っ、……、……んっ、……！」

じゅく、と音を立てて蜜襞を擦りながら、ルードヴィーグがまた少し深くまで挿ってくる。新たな場所を刺激され、エルシィの声が高くなる。甲高い嬌声に、がちゃがちゃと鸛の音が混ざった。

「や……、っ、ぁ……、ああ……、っ……」

息が苦しい。自分の両腕でぎゅっと乳房を押さえつけているのだから当然だ。おまけに輪を嵌められ棒を渡された両脚が腹部を圧迫している。

しかしその息苦しさが、快楽を増しているような気がする。肌は敏感に挿り込んでくるものを感じ、少しの動きが強烈な刺激となって全身に伝わる。

エルシィは総身を痙攣させ、しかし自分の体が自分の自由にならないことがさらなる快感を生んで、エルシィの秘部からはたらたらと蜜液がこぼれた。

「ここは、こんなに悦んでいるのに」

はっ、と熱い息を洩らしながら、ルードヴィーグが呻く。

「きみは、まだいやだとか言うのかい？　こんなに悦んで……自分で、腰を振っているのに」

「な、……、っ、っあ……、っ……！」

自ら求めているなんて。ねだって、腰を振っているなんて。エルシィは羞恥に体を熱くし、しかし同時に、男をくわえ込んだ部分をきゅっと締めてしまう。

「ほら、反応した」

愉しそうに、ルードヴィーグは言った。

「ここ……嬉しそうだね。私を呑み込んで、離さないよ」

「やぁ……、ち、が……、っ、……」

エルシィは首を振る。髪が頬に貼りついて、しかし手は拘束されているので剝がすこともできない。鸛の束縛と、のしかかってくるルードヴィーグの体。自分にはなんの自由もないのだと改めて感じ、それが悪寒となってぞくりと背筋を這った。

「いや……、いや、ぁ……や、あ……っ……」

いや。外して。自由にして。わたしを、離して。しかし爛々《らんらん》とした蒼い瞳でこちらを見てくるルードヴィーグにそんな意思がないことは明らかで、また薄ら寒い感覚が体を走る。

「いや、いや、いや……、っ……！」

「エルシィ」

「いやぁ、離して……、これ、外して……！」

彼はまた、エルシィの名を呼んだ。なだめようとしているのか、追い詰めようとしているのか。彼は身を寄せてくるとエルシィにキスをして、そして一気に、蜜襞を擦りあげた。

「や……、っ、……、……っ、……！」

焦らすかのように、わずかずつしか与えられなかった快感が一気に体を通り抜ける。エルシィは大きく目を見開き、その縁からほろりと涙がこぼれ落ちた。

「つあ……、あ……、ああ、あ……、あ……！」

ずくん、と最奥を突かれる。彼自身にしか届かない、秘められた部分が先端の刺激を受ける。エルシィは身を跳ねさせ、すると鞘ががちゃんと大きな音を立てた。

「いぁ、あ……あ、あ……あ、ああ……ん、っ……」

「は、っ……」

ルードヴィーグが低く息を吐く。いつの間にか閉じていた目を開けてみると、目の前には苦しげなルードヴィーグの顔がある。眉間《みけん》に微かに皺《しわ》を寄せ、荒い息を吐いている表情は艶めかしくて、一度はどうしようもない恐怖に彩られたエルシィの胸が、別の意味を持ってどくんと跳ねる。

「エルシィ……」

やはり苦しそうな、しかし色めいた声でそうつぶやくと、彼は腰を引く。じゅくじゅくと音を立てて蜜襞を擦り、挿り口まで引き抜くと、また一気に突き立てる。

「ひぁ、あ、あ……っ、ん、……ん、っ……！」

淫らな水音を立てながら、抽挿が繰り返された。挿り、出て、また挿るたびにエルシィは体を強ばらせ、最奥の感じる部分を刺激されるごとに淫らな嬌声をあげた。

「いあ、ぁ、あ……あ、あ……っ、ん、……」

「ふ、……、っ、……、……」

鸛はさらに大きな音を立て、エルシィの喘ぎがそれに絡む。ルードヴィーグの呻きが混ざり、部屋には異様な音が満ちた。

「だ、め……、っ、……、っ、……」

頭の中で、ちか、ちか、と明滅するものがある。腰の奥に燃えたぎる炎が、勢いを増す。指先までが痙攣する——絶頂が、近い。

「……っ、あ、あ……あ……、っ、……」

ぴん、と輪に拘束されたエルシィの足が反る。背が痛いほどに仰け反って、しかし拘束具のせいで快感を吐き出しきることはできず、その不自由がまた快楽を呼んだ。

「ああ……、っ、く……、達、……く……」

「……っ、う……」

秘所に力が籠もる。襞がぴくぴくと引き攣る。呑み込んだ欲望を食い締め、体中を巡る熱を吐き出すように、エルシィは達した。目の前が真っ白に塗り潰される。なにも聞こえず、なにも見えず、自分を抱いている熱の主さえも誰なのかさえ定かでない激しすぎる波の中、エルシィは咽喉が嗄《か》れるほどの声をあげた。

「ひぃ、あ……ああ、あ……ああ、……、あ……！」

声は縺れてやがて掠れ、エルシィは、はくはくと息を吐きながら全身を弛緩《しかん》させる。

と、ずんと敏感になりすぎた襞を擦って突きあげてくるものがある。

「まだ、だよ」

呻くような声で、ルードヴィーグは言った。

「私が……まだ、きみを味わっていない。きみを、喰《く》い尽くしていない……」

「やぁ……ん、……んっ、んっ！」

絶頂を迎えたときに洩れこぼれたのだろう、ぐちゅぐちゅとあがる水音はさらに淫らに、ふたりの繋がりを容易にする。

「もっと、深く……」

「いぁ、あ……ああ、あ！」

「もっと、もっと……私を、受け止めて……」

うわごとのようにそう言いながら、ルードヴィーグはエルシィの膣内《なか》を抉る。エルシィが彼を受け止めたまま極めたせいか、彼自身はさらに大きくなっているように思う。そんな怒張が蜜襞を押し伸ばし、敏感なところを擦る。最奥までを突きあげてはじゅくりと音を立てて引き抜き、抜け落ちる寸前でまた突いて、エルシィに声をあげさせた。

「も、や……、ぁ……、っ……」

「私が、まだだ」

乱れた、残酷な口調でルードヴィーグは言った。

「まだ、きみをすべて味わってない……きみの、ここが」

「っあ、あ……あ、ああっ！」

「こんなに、私を受け止めて……、中がこんなに動いているのに。もういいなんて、言うのかい？」

「ちが、……、ん、っ、……じゃ、な……い……」

エルシィは、ふるふると首を振る。髪がまた乱れたけれど、このたび感じたのは恐怖ではない。否、恐怖には違いなかった。しかしそれは過ぎる快楽を恐れてのもので、冷たい金属に拘束され、身動きできないことはすでに頭から飛んでいた。

「違、……ちが、う……、っ……」

「なにが違うんだ」

苛立《いらだ》ったように、それでいてエルシィの反応を愉しむようにルードヴィーグは言った。

「ここ……こんなに、私を締めつけて」

「は、ぁ……、っ、……！」

「持たないよ……、きみの中に、出すよ」

「や、っ……、っ、……あ、あ……」

ぶるり、とエルシィは身震いした。彼の熱を受け止める快楽は、達するときのものとはまた違う。それを教え込まれているエルシィの体は自然に反応して、それは彼女を征服しているルードヴィーグにも伝わっただろう。

「エルシィ……」

荒い呼気とともにそうつぶやいて、ルードヴィーグは自身を引き抜く。突きあげて、また引いて。蜜襞はよれて、その狭間《はざま》からまた新たな淫液が洩れる。ふたりの繋がりはより深く、ルードヴィーグはエルシィの奥を突いて、もう嗄れたと思われた声をあげさせて。

「……達くよ」

「あ……、っ、……、っ、……」

どくり、と彼が体内で膨れあがる。体積が増したことで圧迫は強くなり、押し潰された淫壁が反応する。エルシィは声をあげながら手を伸ばして彼を抱きしめようとして――それが不可能であることを知ったとき。

「っ、……、う……」

「ああ、……、ぁ……ああ、あ……ああ、っ！」

熱が弾ける。頭の奥にまで、沁み込んでいく。エルシィは目の前がまた白くなるのを見て、自分が再び達したことを知った。

「は、ぁ……、っ、は……、ぁ……」

「……う……、っ……」

ふたりの、掠れた声が絡み合う。ルードヴィーグはなおも何度もエルシィの奥を突き、残滓《ざんし》を吐き出していく。じゅく、じゅく、とふたりの流す蜜液の音が耳につく。そして、なおもきつくエルシィをからめとっている鶍の音も。

「あ、ぁ……、あ……あ……、っ、……」

エルシィは、奇妙な感覚に陥っていた。拘束されているのに、自由を奪われているのに。鶍のがちゃがちゃという音が耳障りではない。それどころか、なおいっそうの欲望をかき立てる淫らな音となって、耳の奥に響くのだ。

（おかしく、なってる……）

まだ熱く硬い彼自身が、エルシィの内部を犯している。その圧迫を充足と感じ、さらなる快楽を求めてエルシィは自ら下肢をうごめかせる。

（おかしくなっちゃって、る……、わたし、……）

鳥籠や、振り子や、鶍。常ならぬ状態で、清かったエルシィの体は穢された。それは恐ろしくてたまらないことであるはずなのに、立て続けの快楽に染められたエルシィは、まるで悦びのように感じているのだ。もっと、とねだる声が濡れた唇から洩れた。

「ルー、ドヴィー、……グ、……」

掠れた声で、彼を呼ぶ。そして深く彼を呑み込んだまま、鸛に全身を戒められたまま、深くに堕ちていく意識を感じていた。

□

話し声がする。

エルシィは身じろぎし、手足に違和感がないことを不思議に思った。エルシィは、鸛という石炭ばさみのような拘束具にとらえられて、身動きできなかったはずなのに。

「なぜなのですか」

声がする。エルシィはゆっくりと目を開け、ふたつの人影が部屋の隅にあることを見届ける。

「エルシィさまは、ルードヴィーグさまのご両親の仇……その娘。あの者の手引きがなければ、ルードヴィーグさまもご両親と同じ道を辿られた」

この声は、アンセルムというルードヴィーグの従者のものだ。ふたりはなにを話しているのだろう。ぼんやりとしたまま、エルシィは聞こえてくる声に聞き入っていた。

「その娘を、なぜ。さっさと殺してしまえばいいではありませんか」

「おまえの口出しすることではない」

ルードヴィーグの声だ。エルシィの記憶にある、乱れ掠れた調子など一片もない。落ち着いて冷静な声音。きっと衣服も、きちんと整えたのだろう。

「エルシィさまが、逃げ出しでもすればいかがなさいます。嘆きの塔に閉じ込められていたと……ほかにも、あることないことを告げられでもすればどうします。そうでなくても、アーレーシャン王国はエルシィさまとルードヴィーグさまを捜して、血眼《ちまなこ》のはず」

「そのようなこと、おまえに言われることではない」

「女に、溺《おぼ》れられましたか」

鋭い声で、アンセルムは言った。

「エルシィさまのお体に……あのかたは、それほどの快楽を与えられると？　それに溺れて、手放すことができないと？」

ずん、と重い音がした。アンセルムが呻く声が聞こえる。

「……おまえには関わりのないことだ」

どうやら、ルードヴィーグがアンセルムを殴《なぐ》ったようだ。横たわったまま、エルシィは震える。

「私にとやかく言うとは、おまえもずいぶんと偉《えら》くなったものだな」

「ルードヴィーグさま……！」

訴えるように、アンセルムが声をあげる。

「ルードヴィーグさまは、おっしゃったではありませんか！　命を落としたあの者の仇でもある、アーレーシャン王国……その姫！　その首を挙げ、アーレーシャン王国に乗り込むと！　ご両親の仇を討つ、と！」

アンセルムの声が、激高したように大きくなる。

「その日のためと、あれほどに集め、貯めた資金はどうなります。このままでは……あの者も、ご両親も浮かばれないではありませんか！」

再び、低い音とアンセルムの唸り声。

「おまえに、諭されるまでもない」

冷徹な、ルードヴィーグの声がした。

「おまえの仕事はなんだ？　私に意見することか？　おまえは黙って、私に従っていればいい。自分の立場を理解しろ」

かつっ、と音がする。足音は遠くなり、アンセルムはひとりで残されたようだ。ルードヴィーグさま、と再び呻くように言う彼の声が聞こえる。

(ルードヴィーグは、やはり復讐のためにわたしを……)

彼の冷たい目を思い浮かべると、ぞっとする。それでいて、アンセルムの言うとおりなぜさっさとエルシィを殺してしまわないのかと思う。

エルシィを嬲ることも復讐だろうが、この首を挙げてアーレーシャン王国に乗り込むことのほうがよほどに処刑された彼の両親の、そして手引きして彼を逃がしたという『あの者』とやらの弔《とむら》いになると思のに。

(それなのに……なぜ? なぜなの?)

アンセルムらしき足音が近づいてくる。エルシィは慌てて、目を閉じた。

「……、エルシィ、姫……」

アンセルムは、エルシィを見ているようだ。憎しみを込めた声が、聞こえる。

「ルードヴィーグさまは……、狂われたのか。あなたが、狂わせたのか」

違う、と声をあげそうになった。狂わされているのはエルシィのほうだ。運命を狂わされ体を奪われ、このようなところに閉じ込められて。拘束具で束縛されて。

それは、なにゆえなのか。エルシィはこの先、どうなってしまうのか。

(知りたい……)

声には出さず、エルシィは胸の奥で考えた。

（ルードヴィーグは、なにを考えているのかしら……、聞いてみたい……知りたい。あの人が、なにを思ってわたしをこのような目に遭わせるのか）

アンセルムは、長い間エルシィを見つめていた。今さら目を開けることもできずにエルシィは眠ったふりをし、しかしそれはあまりにも長く苦しい時間だった。

四階　重しつき首枷

目の前には、大きく口を開けた獅子《しし》の首がある。

目は大きく吊《つ》りあがり、口は裂けんばかりに広げられていて、鋭い牙《きば》が何本も生えている。

「な、んなの……これ……？」

エルシィは、恐怖におののいた。エルシィに与えられる衣は夜着のような薄いドレス一枚だ。しかしそれは、エルシィが望んだことでもある。この塔には召使《めしつか》いも侍女《じじょ》もおらず、着替えは自分でしなくてはいけない。

しかしエルシィは、生まれてから一度も自分で着替えなどしたことはない。ルードヴィーグやアンセルムの手を借りるなど論外だ。となるとかぶるだけで着ることのできる夜着くらいしか着られるものはなく、必然的に真昼でも肌《はだ》の透《す》けるような薄い一枚で過ごさなくてはいけないのだ。

エルシィは、与えられた部屋のベッドの隅に腰《こし》を下ろしていた。がたん、と音がして、目の前に転がされたのはその獅子の首だったのだ。エルシィは脅えて、後ずさりをした。

「知っているかい、エルシィ」

その獅子の首には長い鎖がついている。その鎖を手に、じゃらじゃらと音を立てながらルードヴィーグは楽しげに言った。

「人間の首って、意外と筋肉がつきにくいんだ。特に、重いものを支えるような筋肉はね」

なぜ彼は、そのような話をするのだろう。彼がもてあそんでいる鎖の反対側には大きな輪がついていて、それは過日、首や手首、足首に嵌《は》められた鸛《こうのとり》の輪を思い出させてエルシィをぞっとさせる。

「きみみたいに細い首には、ますます筋肉なんてついていないだろうね。頭を支えるのがやっとじゃない？　私が手をまわして力を込めただけで、ぽっきり行ってしまいそうだもの」

鎖を握ったまま、ルードヴィーグが近づいてくる。エルシィは悲鳴をあげた。ベッドから飛び降り、声をあげて部屋の端にまで駆ける。

「そんなに、嫌わなくてもいいじゃないか」

「だ、って……、それで、わたしを縛るのでしょう？　その、枷《かせ》……その、輪で、わたしを……」

「よくわかってるじゃないか」

ルードヴィーグは、獅子の頭を持ちあげた。彼でさえ、両手を使って持たないといけないくらいに重いのだ。ましてやエルシィには、どれだけ負担になることだろう。

「これ以上逃げるつもりなら、首枷をきつくきつく締めて……息ができないほどにするよ。きみだって、息を止められて死にたくはないだろう？」

「ねぇ、ルードヴィーグ。あなたと、話がしたいの」

反射的に、エルシィは叫んでいた。そんな彼女に、ルードヴィーグは目を細めた。

「わ、わたしは、あなたのお父さまとお母さまの仇《かたき》の娘……いいえ、仇そのものよ。だからこそ、わたしをこうやっていたぶるのでしょう？　やめて、こんなことは……それよりも、話し合いましょう？」

「きみがいやがれば、いやがるほど」

ルードヴィーグの蒼《あお》い瞳《ひとみ》が、爛《らん》、と輝いた。

「私の加虐心が、煽《あお》られるんだって言ったら？」

「か、ぎゃく……しん……？」

思わずエルシィは、尋ね返していた。言葉の意味がわからないわけではない。ただ、エルシィが今まで知っていた彼にはそのような言葉は無縁で――しかしあの夜、エルシィを攫《さら》ってからルードヴィーグは変わってしまった。

「そう。きみがいやがって泣くほど、私は愉《たの》しい……嬉《うれ》しくなる。きみの涙が、叫び声が、哀願の言葉が、すべて私には妙なる音楽だ」

「い、や……ぁ……、っ……」

ルードヴィーグの足音が近づいてくる。彼は手を伸ばし、エルシィの首を摑《つか》んで壁に押しつけた。

「ひ、っ……！」

口もとを引き攣《つ》らせるエルシィに、ルードヴィーグはにやりと笑う。そして手にした輪を、がしゃんとエルシィの首に嵌めてしまった。

「や、ぁ……、っ……！」

ずん、と重みが首に来た。ルードヴィーグの言うとおり、エルシィの首には筋肉などほとんどついていないに違いない。エルシィはその場にくずおれた。うつぶせになって、ようやっと顔が起こせる程度だ。首に嵌まった輪も鎖も重く、しかしその重みに負けていいては床に顔を突《つ》っ伏《ぷ》すことになってしまう。

「や、め……、っ……、……」

「まだだよ、エルシィ」

エルシィの顎《あご》を指先で持ちあげ、にやりと笑ってルードヴィーグは言う。彼はエルシィの、両手首を摑んだ。後ろ手にまわされ、がちゃがちゃと音を立てて鎖がまわされる。どれほど屈強な男でも逃げられないほどにしっかりと鎖はエルシィの手首を戒め、最後にがちゃん、と聞こえたのは、錠《じょう》を下ろした音だったように思う。

「ほら……これで、もう動けないだろう？」

「いや……、やめ、て……、……」

掠《かす》れた声で、エルシィは言った。

「外して……、重い、の……首、が……」

「外したら、きみの素敵な姿が見えないじゃないか」

首が重い。しかし床に顔を押しつけてしまうのはいやだ。さらには薄い布一枚で包まれているだけの乳房も潰されて、ひどく痛む。

「や、め……て。痛い……、重い、の……」

「痛いだけかい？」

ルードヴィーグは言って、エルシィの腰に手をまわした、ぐいと引き寄せられて、床に膝立《ひざだ》ちをする格好になる。腕を背の後ろで拘束されて、腰を高くあげて。膝くらいまでの丈《たけ》しかなかったドレスでは、この格好では下半身を隠してくれなくて、臀《しり》にひやりと冷たい空気を感じる。

「痛いわ……、それに、重く……て……」

こんな格好をさせて、ルードヴィーグはなにをしようというのだろう。首が、輪に擦《こす》れる。新たな傷ができて、そこがじくじくと痛んだ。

「でも、きみは痛いだけじゃない」

「……え……？」

ルードヴィーグの声に、エルシィは視線をあげる。彼の蒼い瞳の表面が、ゆらりと揺れた。それが彼の欲望を示していることを読み取って、エルシィはごくりと唾《つば》を呑《の》む。

「こんな格好をさせられて……感じてる。床に顔をつけて、重りをつけられて鎖でつながれて。……感じてる」

「そ、んな……、こ、と……っ！」

「じゃあ、これはいったいなんだい？」

床に押しつけられたエルシィの乳房に、ルードヴィーグは触れる。ぴくん、とエルシィは反応してしまい、同時にびりっと体を貫いた刺激に瞠目《どうもく》する。

「ここ……感じて、尖《とが》らせているじゃないか。ほら、硬くなってるよ」

「や、ぁ……、っ……」

ルードヴィーグの指は、エルシィの乳首を探り出す。きゅっとつまれ捻《ひね》られて、エルシィは裏返った声を洩《も》らした。

「声だって、感じてる。ここも……私の指を押し返すくらい、硬くて……」

「いぁ、あ……あ、あ……」

こんな格好をさせられて感じているなんて、信じたくない。しかしルードヴィーグの指がうごめくたびに乳房の中心を貫く感覚は明らかな快感で、エルシィの苦悶《くもん》の声に徐々に色がついていく。

「ちょっと触っただけで、反応してくれて……ふふ、かわいいよ。エルシィ」

「やぁ、……っ、っ……」

ひくり、とエルシィは腰を揺らめかせる。すると、つぅ、と腿《もも》の内側を伝っていくものがあった。生ぬるいしたたりは何度も味わった、己のこぼす蜜《みつ》の感触。

「そっちだって、濡《ぬ》れてきてるくせに」

「な、ん……で……」

「きみのことで、私がわからないことがあると思うのかい？」

エルシィは、かっと頬《ほお》を熱くした。自分の反応をすっかり知られてしまっていることが恥ずかしくて、同時に自身の体なのに、痛みと苦しみの中で蜜を洩らす意味がわからなくて。

「それとも、自分がどうして濡れているのか。それが不思議なのかい？」

「あ、……ぅ、……、っ……」

言葉にするまでもなく、ルードヴィーグはエルシィの心を読んだようだった。エルシィの頬は、ますます熱く染まっていく。

「そんなに、赤い顔をして……たまらなく色っぽいじゃないか」

ルードヴィーグはエルシィの目の前に膝をつくと、その頬にくちゅりとくちづける。ルードヴィーグの唇《くちびる》を妙に冷たく感じたのは、それだけエルシィの体が熱を持って、欲情しているからなのかもしれない。

「きみは……まったく、私を煽る天才だよ。きみの目も、肌も、……ここも」

「ひ……、ぅ、……っ！」

「どこもかしこも、私を誘って離さない。きみが目の前にいるだけで、私は……もう」

はっ、と熱い息をルードヴィーグは吐いた。彼はエルシィの前に膝をついたまま、下衣の留め金を外す。現れたのは、そそり勃《た》つ彼自身だ。欲望は生々しい赤に染まっていて、先端から透明な蜜をこぼしている。

「こんな、だよ。きみが、あんまりにも私を見て……そんな魅惑的な格好で、私を誘うんだからね」

「さそ、って、……な、んか……っ……！」

エルシィの声は、最後まで言葉にならなかった。その小さくほの赤い唇に、欲芯《よくしん》が突き込まれたからだ。いきなり咽喉奥《のどおく》までを突かれて、エルシィは噎《む》せた。

「か、は……、っ、……、っ」

「ああ、ごめん」

そう言いながら、ルードヴィーグは腰を引く。エルシィの唇が彼を扱《しご》いて、ルードヴィーグは小さく呻《うめ》く声をあげた。

「どうしても、たまらなかったものだからね……きみが、そんな魅力的で」

今度はゆっくりと、彼が口腔《こうこう》に挿《はい》ってくる。じゅく、じゅく、と音がして、大きなものが挿り込んでくる。逃げられないエルシィは必死にそれを呑み込もうとして、しかしどく、どく、と脈打つそれはエルシィには大きすぎ、何度もけほけほと咳《せき》が出た。

「ん、く……、っ、……」

「かわいい顔を真っ赤にして、こっちを見てるんだからね。それに籠絡《ろうらく》されなきゃ、男じゃないよ」

エルシィを労《いたわ》るように、しかし己の欲望を隠すことなくルードヴィーグは欲望を突き立ててくる。エルシィの舌が、反射的に動いた。太い欲芯に絡め、ちゅくりと音を立てて幹に這《は》わせる。

「ふふ、舐《な》めてくれるの？」

腰を揺らし、舌を絡められる感覚を味わうようにルードヴィーグはつぶやいた。

「積極的だね……、きみも、これに味をしめるようになってきたんだね」

ルードヴィーグの声は、まるでエルシィの下肢《かし》を犯したときのように荒い。その声はエルシィの脳裏《のうり》で反射して、奇妙な快感となって体中を走る。両脚の間を、またしたたりがこぼれ落ちた。

「ねぇ、……先のところを、吸って。そう、ちゅって、……キスするみたいにするんだよ」

「あ、ふ……、っ、……、っ……」

言われるがままに、エルシィは口の中を擦って出ていった彼自身にくちづける。先端の膨らんだところを吸い、唇を押しつけ、また吸う。するとどくどくと半透明の蜜液が洩れこぼれて、それはエルシィの唾液《だえき》と混ざって床にしたたった。

「く……ん、っ……、っ」

「そう、上手《じょうず》だね」

エルシィの舌に先端を擦りつけながら、ルードヴィーグは言う。

「この、くびれたところにもキスして。いっぱい吸って、痕《あと》を残して……」

「ふ、ぅ……、ん、……、っ、……」

男の欲望をくわえさせられて、愛撫《あいぶ》を強要されるなんて。しかしルードヴィーグの声は優しく、エルシィに首枷を嵌めた者だとは思えない。重い獅子の頭に押さえられ、首をあげていることも苦しいのに、エルシィは懸命にルードヴィーグに奉仕している。

「ねぇ、もっと……もっと、舌を出して。舐めて。……もっとぺちゃぺちゃって、音、させて」

「つあ、あ……ん、……、む、……っ……」

この状況が、いやではないのはなぜなのだろう。ルードヴィーグが荒い呼気で、エルシィの愛撫に応えているからだろうか。口腔を擦られる感覚が心地いいからなのか。それともエルシィ自身知らなかったことだけれど、こうやって男を口で受け止めることが好きなのか。

懸命に、エルシィは舌を使った。ルードヴィーグが求めるとおり、ぴちゅぴちゅと音を立てながら舐め、欲芯の先端に歯茎を、頰の裏を、上顎を擦られて声をあげた。咽喉の奥ぎりぎりにまで吞み込まされてえずき、しかしそれさえもが快感を生む。

「いぁ……、っ、……、ん、……ん、……っ」

ルードヴィーグは、エルシィの舌と口に高められて大きくなっていく。どくん、どくん、と血管の浮いたそれは鼓動《こどう》するたびにエルシィの性感を高め、エルシィの頭はただ口を犯す熱杭に舌を絡め唇で扱き、吞み込もうと咽喉を震わせて流れ込んでくる蜜を味わうことしかなかった。

「……エルシィ」

低い声で、ルードヴィーグがつぶやく。同時に口の中のものがひとまわり大きくなる。エルシィは、はっと目を大きく見開き、同時に熱いものが震えるのを感じた。

「や、ぁ……、っ、……、っ……」

ルードヴィーグは、それを引き抜く。すると温度の高い液体が、鼻先から唇にかけてぶちまけられた。それは粘ついてしたたり、反射的に舐め取ると苦くて、どこか甘い味が伝わってくる。

「くぅ、……ん、……、っ、ん……」

エルシィは、夢中になってそれを舐めた。彼を愛撫していたことで舌は痺《しび》れ思うように言うことを聞かなかったのだけれど、それでもその奇妙な味がエルシィの体の深い部分の熱を煽り、口に流れ込んでくる淫液《いんえき》を咽喉を鳴らして呑み込んだ。

「ごめんね」

はっ、と熱い呼気とともに、ルードヴィーグが言う。

「きみを、汚しちゃったね。……でも」

ルードヴィーグは、身をかがめる。エルシィの顎を取るとくちづけてきて、彼の唇の感覚に、エルシィは、はっとした。

「や、ぁ……う、……、っ……」

無理やりにされたとはいえ、男の欲望を口にして、その淫液を舐めて。自分の行動に急に羞恥《しゅうち》が湧《わ》きあがって、エルシィは逃げようとした。ルードヴィーグの手の力

は強くてエルシィの顎をつかまえたまま、ただ鎖ががちゃがちゃと鳴っただけなのだけれど。

「いや、……ぁ……、ん、……っ……」

「かわいいよ、エルシィ」

心からそう思っているという口調で、ルードヴィーグは言った。

「ほら……きみのうつくしい顔が、醜いもので汚れて……どうしてだろうね、そうすると、ますますうつくしく見えるのは。きみは今までの中で、一番うつくしい姿をしてるよ」

「や……、ルード、ヴィーグ……、っ……」

首を振ると、残っているしたたりが溢《あふ》れて流れる。顎を伝うそれがくすぐったくて、しかし手は自由にならない。必死に頭を揺り動かして、すると髪が頬に貼りついた。

「そんな、乱れた姿。ほかの誰にも、見せたことはないんだろうね……？」

「やめて……、そんなこと、言わないで……」

そのようなことが、あるわけがない。男の欲にまみれた姿が、うつくしいなんて。エルシィはぎゅっと目をつぶったけれど、ルードヴィーグが自分を見つめていることはわかる。彼の視線は熱を持ってエルシィの身に突き刺さり、まるで彼の熱杭に犯されているようだ。

「はず、して……、ルードヴィーグ……」

目を閉じたまま、掠れた声でエルシィは言った。

「苦しい……、痛い、の……。これ、……枷を、外して……」

「いいや」

エルシィの顔に見とれているはずのルードヴィーグは、残忍な声でそう言った。

「言っただろう？　きみは、こういうのが好きなんだよ。枷を嵌められて、拘束《こうそく》されて……それに、興奮するんだ」

「違う……、そんなの、ち、がう……！」

ぱっとエルシィが目を見開くと、ルードヴィーグは立ちあがっていた。この先、なにをされるのか。想像もできない恐怖にエルシィは震え、すると秘所が温かく潤んで、ぴちゃりとひとしずくがしたたっていくのがわかる。

「いや……、ルードヴィーグ……、っ……」

彼の姿が見えなくなった。にわかにエルシィは首を起こしていることの疲れを感じ、床に頬をつける。冷えた淫液が頬を汚す。いや、と思う間もなく、両脚の谷間に感じたぬるりとした感覚に、エルシィは大きく身震いした。

「やぁ、あ……ああ、あ……あ！」

「ここ……もう、こんなに濡れてるじゃないか」

それは、触れられることのないまま腫《は》れあがった花びらの縁をなぞった。そっと接してくる熱いものは、形を確かめるように何度も花びらを刺激する。触れるか触れないかのもどかしい愛撫はエルシィをたまらなくさせ、顔を汚したままのエルシィは、腰を高くあげた格好で喘ぎ声をあげた。

「蜜がたくさん垂れてるね。今すぐに突っ込んでも、痛みなんかなさそうだ……」

「や、ぁ……、っ、……！」

「ほら、ぴちゃぴちゃいってる。奥からどんどん、溢れてきて……」

ルードヴィーグは、エルシィの秘所に舌で触れているようだ。しかし振り返ることもできないエルシィには、それを確かめる術《すべ》がない。

「私を、待ってくれてるんだね。こんなに溢れさせて、早く挿《い》れてほしい？」

「いぁ、あ……ああ、あ……っ……」

床に突いた膝が、がくがくと震える。すると受ける刺激に自分の動きが混ざり、舌の振動が小刻みになった。花びらを繊細な動きで擦られて、声が洩れるのを押さえられない。

「……っあ、あ……あ、ああ、あっ！」

濡れそぼる花びらの端を、軽く咬《か》まれる。それにエルシィの腰は大きく跳ねた。敏感な部分が震え、したたりをこぼすのがわかる。

「や、ぁ……、や、め……、ルー、ド……、っ……」

「また、エルシィのやめて、だね」

ちゅくり、と音を立てて舐めあげながらルードヴィーグが言った。その声が秘所に響くのがたまらない。振動はまだ触れられていない内壁にも伝わって、エルシィは立て続けに声をあげた。

「そんなの嘘《うそ》だって、わかってるよ……嘘つきな子は、どうしてくれようか……」

後ろから攻められて、エルシィにはルードヴィーグの姿がまったく見えない。次になにをされるのか見当さえつかないというのは、どうしようもない恐怖と同時に快楽となる。

「ひぁ、あ……あ、ああ、っ！」

花びらを、きゅっと咬まれた。歯を立てられて、伝わってきたのは全身を貫く強烈な痙攣《けいれん》だ。指先までが痺れる。エルシィは唇をわななかせ、掠れた嬌声《きょうせい》をあげた。

「達《い》ったの？」

ぺろり、と震える花びらを舐めあげながら、ルードヴィーグが言う。荒い呼気に邪魔されて、エルシィはまともに返事をすることができない。

「や、……、ち、が……、ちが、う……」

「ふぅん」

エルシィの状態になど興味はない、とでも言いたげな調子でルードヴィーグは言って、また花びらを舐めた。咬んだ痕を唇に挟み、擦り合わせる。舌を這わせて解放し、エルシィがひくりと呼気を震わせるのに合わせて、また挟む。軽く咬んで舐めて、唇を押しつけると垂れる蜜を啜《すす》りあげる。

「いぁ、あ……、あ……ああ、あ……っ……！」

「さっきよりも、感度がよくなったよ」

愉しげな口調で、ルードヴィーグは言う。じゅく、じゅくと音を立てて吸われ、それもまた体中に響く快楽だ。エルシィは何度も腰を跳ねあげ、そんな彼女の動きを愉しむように、ルードヴィーグはなおも舌を使った。

「ほら……ちょっと吸ってあげただけで、脚までこんなに震わせて。これ以上ないくらい、かわいい顔をしてるはずだよ」

「や、ぁ……っ、あ……あ、ああっ！」

ルードヴィーグの手が、エルシィの剝《む》き出しになった臀を撫《な》でる。柔らかい部分を何度も撫であげられて、また蜜がこぼれる。内腿を伝っていく感覚がもどかしくて腰を揺すると、たしなめるようにルードヴィーグの手が軽くエルシィの臀を叩《たた》いた。

「っ……あ、……あ、ん、っ……」

びりっ、と伝い来た感覚に、また腰が跳ねる。するとまた叩かれた。喘《あえ》ぎを洩らすエルシィの口から蜜がこぼれて、床に垂れ落ちたままのルードヴィーグの欲液と混ざる。

「や、ぁ……ん、ん……っ……！」

ぱん、ぱん、と臀を叩かれる音が響く。それは奇妙に艶《つや》めいて、同時にひりひりとした痛みが肌に沁《し》み込んでくるのは、思わぬ快感だった。ルードヴィーグは手を止めてしまい、これ以上の刺激はもらえないのかと、エルシィをがっかりとさせた。

「なにをされても感じるんだね、エルシィは」

叩いた痕を手がすべる。花びらを舐めていた舌がそのまま這いのぼって柔らかい双《そう》丘《きゅう》をすべり、その感覚にもまたびくりとした。

「じゃあ……、ここは、どうかな？」

「や……、ぁ、あ……ああ、あ、っ！」

生ぬるく柔らかいものが双丘を辿《たど》り、その狭間《はざま》に挿り込んでくる。ちゅく、と音を立てて吸われたのは、頑《かたく》なに閉じている蕾だった。

「いや、そ、んな……、と、こ……ろ……」

「そのわりには、悦《よろこ》んでいるみたいだけれど？」

硬い襞《ひだ》を、舌が舐め溶かす。唾液を送り込まれて、ぴちゃぴちゃと音がする。そのような場所が濡れるはずがないのに、あがる音はまるで蜜液を垂らす蜜園のもののようだ。エルシィは、戸惑いと快楽の狭間に突き落とされる。

「こっちも、ぴくぴく震わせちゃって。感じてるって、丸わかりだよ」

「いぁ……、あ……ああ、……、ん、っ！」

しとどに濡れる蜜園には、指先が突き入れられる。花びらをかき乱すように指を使われ、それに感じて震える体は、しかし蕾《つぼみ》に這う舌の動きに戸惑っている。

「気持ちいいんだろう？」

少しずつ溶かされていく蕾を、舌先でくすぐりながらルードヴィーグがつぶやく。

「こっちも……、こっちも。どっちも感じて、仕方ないんだろう？」

「やぁ、あ……、ちが、……違う、……、っ……」

荒い息を吐きながら、エルシィは声をあげる。しかし秘所からしたたる蜜が、さらに多く腿をすべっていくのはルードヴィーグの目から隠せない。ふっ、と熱い呼気がかかったのは、彼が笑ったからなのかもしれない。

「やめて……、お願い。そ、んな……、とこ、ろ……、っ……」

「悦んでるくせに」

尖らせた舌先が蕾に突き込まれ、エルシィは悲鳴をあげた。腰を反らせて、逃げようとする。

「だめ……、だ、め……、っ、……！」

「嘘つき。挿れられたら悦んで……ほら、私の舌を締めてくる」

ルードヴィーグの声はくぐもっていたけれど、なんと言っているかははっきりとわかった。自分の蕾がどのような反応を見せているのか、エルシィ自身が一番よくわかっているからかもしれない。

舌先で蕾を溶かす、ルードヴィーグの指が双丘の間にすべってくる。蜜で濡れたそれは開き始めた蕾に突き込まれ、エルシィは大きく目を見開いた。

「や、ぁ……や……あ、ああ……あ！」

そこは、簡単に指先を呑み込んだ。続けてもう一本を突き挿れられる。二本の指と舌先で抉られて、そこは驚くほどに柔らかくなっていく。

「あ……、あ、ん、……、や、ぁ……、ん、……っ……」

エルシィは、必死に呼吸を繰り返した。胸が苦しくて、うまく息ができなくて。それは思いもしない場所を拡《ひろ》げられているせいなのか。そこがエルシィの意思を裏切って、ルードヴィーグの指を呑み込んでいくからなのか。

「や、……や、ぁ……、っ、……、いや、ぁ……」

「もう、三本挿ったよ」

ぐちゅり、と蕾をかきまわしながら、ルードヴィーグがささやく。その声さえもが体に響いて、エルシィは総身をわななかせる。

「これだったら……、充分、挿るね」

「な、に……、ぁ……、ああ、あ……あ！」

指はさらに深い場所を探り、内壁を擦っていく。よもやそのような場所に触れられるとは思ってもみなかったエルシィは、不自由な体勢のままただ声をあげることしかできない。

「や、ぁ……いや、……ぁ、ぁ……ああ、あ！」

じゅくん、と音を立てて、指が引き抜かれる。圧迫感と味わったことのない感覚から逃れられたエルシィは、ほっと息をついた。しかし続けて蕾に押しつけられた熱いものに、悲鳴をあげる。

「やめ、や……、ルード、ヴィー……グ、っ……！」

「ここは、やめてなんて言ってないみたいだけど？」

指や舌より太いものが、挿ってくる。その感覚に、エルシィは悲鳴をあげた。

「違うの……、やめて。ほ、ん……とう、に……、っ……」

拡げられた蕾に押しつけられたのは、ぬめる先端。太く嵩張《かさば》った部分だ。ルードヴィーグの欲望だ。エルシィの首は、ますます重く感じる獅子の頭の重量で動かせなかったけれど、覚え込まされたその感覚でわかる。

「やめて……、っ……、っ……！」

エルシィは必死に、腰を捩《よじ》らせた。しかしルードヴィーグの力強い手が、双丘を押さえる。そのまま怒張が、ほぐされた蕾に挿ってくる。

「や、ぁ……、……、……っ……」

ぱちん、と目の前でなにかが弾《はじ》けた。エルシィの声は途切れ、目の前が見えなくなる。それは一瞬のことで、感覚はすぐに、挿り込んでくるものの質量を受け止め始める。

「だめ……、っ、……っあ……ああ……っ……」

上半身は重しつきの首枷で、下半身はルードヴィーグの手で戒められている。自由などまったくない状況で、エルシィの蕾が暴かれていく。

「っあ……、ああ、あ……あ、あ、……」

「ふ、……、っ、……」

ルードヴィーグが、荒い呼気を洩らした。その声は、いつにない快楽に乱れている。ずく、ずくと後孔を破る熱杭も、先端から蜜をこぼしながらエルシィを犯していった。

「や、ぁ……っ、あ……あ、……っ……!」

「エルシィ……」

はっ、と艶めいた吐息《といき》とともに、ルードヴィーグが言った。

「ここで、こんなに悦べるとは……思っても、みなかっただろう……?」

「ちが……、違う、の……、っ……」

「なにが、違う？」

ずく、とますます深くを突きながら、ルードヴィーグが声を乱す。

「中も、動いてるよ……私を受け挿れて……嬉しい、ってね……」

「ち、が……ぁ……、ああ……あ、あっ、あ、あ！」

背が、痛いほどに反った。彼を中ほどまで受け挿れた先、エルシィも知らない部分を擦られて、声が裏返る。

「やぁ、あ……あ、あ……あ、ああ、あ……！」

声をあげながら、ただ苦しい感覚にひと筋、快楽が混ざるのがわかる。それは、エルシィを脅えさせた。この先、いったいなにがあるのか。エルシィは、どのような目に遭わされるのか。

「ほら……、ここ。こりっ、って……感じる部分が、あるだろう……？」

「っあ、あ……、ぁ……、……」

ルードヴィーグがなにかを言っている。しかし今のエルシィには、その意味がわからない。ただ、体の奥についた炎があまりにも大きくて、内臓を焼いてしまいそうで。

「いぁ、あ……あ、あ……、ああん、っ、っ！」

内壁の中ほど、襞をめくられたところに秘密があった。そこを擦られると。女の部分で感じるよりもなお強烈な快楽が身を貫く。腹の奥から痺れが伝う。それは全身を支配し、エルシィは何度も声をあげて、その恐ろしいほどの快楽から逃れようとした。

「やぁっ、……っあ、あ……やぁぁ、あ……っ……！」

「すごく、きつくて……苦しいよ、エルシィ」

掠れた声で、ルードヴィーグが言った。

「前のところとは、また違った感覚だね……ここを突いてあげると、きみの体がこんなにも反応して。私をぎゅうぎゅう締めつけて、離さない……」

ルードヴィーグは少し腰を引き、じゅくりと内壁を擦りながらまた突き立ててくる。それに反応してエルシィは大きく腰を跳ねあげ、ますます強く、彼を締めつけてしまう。

「エルシィ……」

苦しげな、ルードヴィーグの声がする。その喘ぐような声もエルシィを煽った。今や体だけではなく、頭の中もかき乱されてなにも考えられず、今どのような体勢でどのようなことをされているのかということさえにも思い及ぶことはできずに、ただただ与えられる快楽を甘受する。

「いぁ、あ……ああ、あ……、っ、……、っ……！」

ひくん、とエルシィは腰を振った。彼を締めあげる、感じる部分にねだって内壁をうごめかせる。そこを何度も刺激され、エルシィは声をあげて全身を駆け巡る快楽に身を委ねた。

「ああ、あ……、っ、ぁ……、ぁ……、ぁぁ……」

どくん、と大きな衝撃があった。それはルードヴィーグと繫がった部分から頭の先を貫いて走り抜け、エルシィを深い快楽の闇《やみ》に落としてしまう。

「……っ、あ……、あ……、っ……」

「エル、シィ……」

真っ暗な愉悦《ゆえつ》の中にあって、ずん、と深い深い部分を突かれる感覚があった。それにも、ひっと裏返った声をあげながらエルシィは身を強ばらせ、呑み込むものをさらに強く締めつける。

「いあ……、ぁ……、ああ、あ……！」

どくり、と体内でなにかが弾けた。続けて流れ込んでくる熱い粘液を受け止めながら、エルシィは床に突っ伏したまま、何度も荒い息を洩らした。

「は、ぁ……、っ、……、は、……、っ……」

「……っ、う……、……」

エルシィの腰を押さえつけ、どく、どく、とさらなる欲液を吐き出しながら、ルードヴィーグは詰めた息をこぼす。それが新たな刺激になって、エルシィはひくん、ひくんと腰を揺らめかせた。

「やぁ……、あ、あ……、っ、も、う……っ……」

これ以上は、耐えられない。そう訴えようとしたのに、ルードヴィーグはまだ硬い彼自身でさらに刺激を与えてくる。抜いて、突いて、また引き抜いて。そのたびに後孔はぐちゃぐちゃと音を立て、彼の吐き出したぬめりを借りて襞がめくれる、かき乱される。

「だ、め……、……も、ぅ……、っ……」

「まだ、きみのここを……すっかり、味わっていない」

ひどく酷薄《こくはく》な口調でそう言って、ルードヴィーグはなおも突き立ててくる。もう、これ以上は。そう思うのに、エルシィの体はルードヴィーグの導きに反応し、いったんは見えなくなった目もまわりの光景をとらえられるようになっていた。

床に広がった白濁、エルシィの顎からしたたる透明なしずく。放り出されるように転がった金属の獅子の頭。じゃらじゃらと音のする長い鎖、エルシィの首を拘束している枷の留め金。

「ひぁ、あ……あ、あ……、ああ、あっ！」

視界に入るもののあまりの淫《みだ》らさに目を見開いていたエルシィは、ずくんと深くを抉《えぐ》られて悲鳴をあげた。これ以上呑み込むことなど無理だと思っていたのに、ルードヴィーグはさらなる先を探ろうというのだ。

「もう、やめ……、っ、……、っ……」

「いいや、やめない」

引き抜き、ぐちゃりと音を立てながらまた内壁を押し拡げて。奥に潜むエルシィの秘密を暴こうとしながら、彼はその吐き出した淫液のぬめりとともに深部を征服していく。

「こっちが、きみの感じる部分だって……きみが、ちゃんと認識するまでね」

「も、……、じゅう、ぶ……ん、……よ、……」

はぁ、はぁ、と荒い息を洩らしながらエルシィは言う。

「あなたが、感じさせてるんじゃないの……。わたしを、こんな、……ふう、に……っ……」

「生意気だね」

じゅくりと引き抜き、また突き立てる。達したはずなのに、彼自身はさらに質量を増しているように感じた。それに内壁を擦られて、何度も何度も出し挿れを繰り返されて、エルシィにはもう反論する力も残っていない。

「きみを支配しているのは私だって、忘れるな……」

「いぁ、あ……ああ、あ……あ!」

欲芯が擦ったのは、エルシィの感じる部分。あの、凝《しこ》りの場所だ。そこを刺激するとエルシィが身も世もなく喘ぐのを知っていて、ルードヴィーグはそこを刺激してくる。狂おしいまで執拗《しつよう》に何度も何度も繰り返されて、エルシィはもう息をすることもできない。

「や……、ぁあ……ああ、あ……、っ……！」

また、目の前に白いものが弾け飛ぶ。ちか、ちか、と光るそれはエルシィの脳裏を焼いて、つま先まで全身に、わななく痙攣が走っていく。

「ああ、あ……あ、あ……、っ……」

どくん、と蜜園が淫液を垂れ流し、それが腿を伝って流れ落ちていくのを感じながら、エルシィの体はひときわ大きく引き攣って、そして弛緩《しかん》する。

「……っ、あ……、あ……、……、……」

弾ける白いものが、ひときわ大きく頭の中で散ったのを最後に、エルシィは自分の意識が遠くなるのを感じていた。体中に流れる血液はあまりにも熱くエルシィを苛《さいな》み、駆け巡る愉悦はエルシィをとらえて。

もう、そのことしか考えられない。

五階　運命の輪

目の前には、水車がある。

水車とは言っても、水はなかった。ただ床が大きく抉ってあって、水車の半分がその中に入っている。そこに水を満たせば、下半分が水の中に浸かるだろう。

見あげるほどの大きさの頑丈そうな輪は、川の中に浸ければその流れで動くのだろうけれど、その代わりに長柄がついていて、それを握ってまわすのだろうと思われた。

いったい、なんのためにこのようなものがあるのか。そしてエルシィは、ここが『嘆きの塔』であることを思い出した。

(拘束の……、ための、道具……？)

しかしエルシィには、その水車での拘束など見当がつかない。ただその前に立たされて、がくがくと震えているばかりだ。

「エルシィ」

声をかけられて、エルシィはびくりと反応した。振り返るまでもない、声の主はル

ードヴィーグだ。彼は薄いドレス一枚のエルシィのもとに歩いてくると、その顎をつかまえていきなりくちづけてきた。

「……ん、……っ……！」

ルードヴィーグは舌を突き込んできて、エルシィに口を開かせる。思わず開いた口の中に流れ込んできたのはどろりとした液体で、微《かす》かに甘い味がした。

「く、……、ん、……っ……」

くちづけは離れず、息を奪われる苦しさにエルシィは、ごくり、とそれを嚥下《えんか》してしまう。咽喉の奥を通っていくそれは奇妙に熱くて、エルシィは軽く咳《せ》き込んだ。

「体に毒になるものじゃない」

その液体は、ルードヴィーグの唇にも残っているらしい。彼はぺろりと唇を舐めた。その仕草が艶《なま》めかしくて、たまらなく婀娜《あだ》めいていて。そのさまにエルシィはごくりと息を呑んだ。

「大丈夫かい？　……だんだん、体が熱くなってくると思うけど」

「いったい……、なんなの、これ、は……？」

ルードヴィーグの舌の赤さと、にやりとした笑い。それに不吉なものを覚えて、エルシィは思わず後ずさりをする。

「毒じゃないって言っただろう？　ちょっと……きみが、感じやすくなるだけの薬だよ」

「や……ぁ……」

その言葉に脅え、エルシィはまたルードヴィーグとの距離を取った。しかし部屋はそう広くはない。数歩後ろに下がるだけで石造りの壁にぶつかってしまう。どん、と壁と背がぶつかるのと同時に、エルシィの足の力が抜けていった。エルシィは、そのままへなへなと床にしゃがみ込んでしまう。

「もう効いてきた？　ずいぶんと早いね」

エルシィが作ったルードヴィーグとの距離は、彼のたった三歩の歩みで消え去ってしまう。ルードヴィーグはエルシィを抱きあげた。彼の触れる場所からぴりぴりとした感覚が伝わってきて、エルシィは思わずびくりと反応してしまう。

「薬の効き目だけじゃないのかな？　きみが……期待してるから？」

「き、たい……なん、て……、っ……」

それでも、自分の体の反応は隠せない。ルードヴィーグに抱えられて、触れられる場所から痙攣を感じる体は部屋の中央にある水車の前に下ろされた。

「……あ」

ルードヴィーグの腕の温《ぬく》もりを失って、エルシィは思わず声をあげる。そんなエルシィをすがめた目で見やるルードヴィーグは、なにを考えているのだろうか。

（わたしへの……恨み？　復讐《ふくしゅう》？）

　それだけなのか、とエルシィは考えた。ルードヴィーグは両親を殺されたがゆえの復讐にエルシィを辱《はずかし》めているのだと言った。それは確かにそうなのだろう。しかしそれだけではない、なにか別の色を感じ取って、エルシィはささやいた。

「ルードヴィーグ……」

　呼びかけると、ルードヴィーグはぴくりと眉《まゆ》を動かした。なんだ、と言わんばかりの威圧的な表情に怯《ひる》みながらも、エルシィは言葉を続ける。

「覚えてる？　赤い、紐のこと」

「……ああ」

　呻くように、ルードヴィーグは言った。彼はエルシィの両手首を取って、懐から取り出した縄で縛りあげる。両腕を頭の上にくくられて、肩の関節の痛みを感じながらもエルシィは懸命にルードヴィーグに訴えた。

「あのとき……わたしたちは赤い糸で結ばれていて、永遠にふたりでひとつみたいなんだって、言ってたわよね」

「……それが、どうした」

　再びエルシィを抱きあげたルードヴィーグは、彼女の体を水車の輪の上に乗せる。ぎしっ、と両腕を縛った縄が音を立てたのは、そこに引っかける箇所があって、縄がかけられたからのようだ。エルシィは両腕をあげて、ぎりぎりと引き伸ばされる痛みに耐えながら言葉を続けた。

「それって、こういう意味だったの？　こうやって……わたしを縛って。わたしがあなたを憎むようにする……それが、赤い糸の意味なの？」

「憎む？」

ルードヴィーグは、エルシィの両脚に手をすべらせた。腿の裏に触れられて、薄い肌がびくりと反応する。ルードヴィーグはエルシィの両脚の膝を折り曲げ開かせて、水車の輪をまたぐような格好を取らせた。

エルシィは大きく脚を開いている。薄い布でできたドレスがなければ、秘所をルードヴィーグの目の前に晒《さら》すことになるあまりにも羞恥を呼ぶ格好だ。

「きみは、私を憎んでいるのかい？」

「こんな、ことをされて……」

エルシィは、はっと息をつく。さらに膝を縛られ伸ばせないように、足首も水車に縛りつけられるという格好を取らされて、体中がかあっと熱くなっていくのを感じる。

「そうじゃ、ないとでも……！」

ああ、とエルシィは声をあげた。胴《どう》にも縄がかけられて水車に背を押しつけられ、全身がまったく動かせなくなってしまったからだ。

「ふぅん？　きみの反応を見ていると、とてもそうは思えないけどね」

「や、ぁ……、っ、……、……」

ルードヴィーグの手が伸びて、エルシィの薄いドレスをめくりあげる。ドロワーズもなにもない秘部をじっと見つめられて、エルシィは我知らず艶めかしい声をあげた。

「ほら、私の視線を悦んでる。ちょっと触っただけなのに、こんなに反応して。憎む相手に見られて、きみは感じるの？」

「こ、れは……、ちが、う……」

全身を、ふるふるとわななかせながらエルシィは言った。

「違わないよ。きみは、憎む相手に見つめられるだけで感じる、淫乱だ。そのことを、思い知ったんじゃないのかい？」

「わたしの……せいじゃ、ないわ……！」

エルシィはわめいた。

「あなたが……こんなことを、する、から……。わたしは、あなたを憎みたくなんかない。愛して……愛してた、のに……」

エルシィの声は、掠れてしまった。愛している――愛していた。今となっては、もうどうなのかわからない。目の前のルードヴィーグは、混乱するエルシィを目をすがめて見つめている。

「私は、憎んでるよ」

冷淡な声で、ルードヴィーグは言った。

「……きみの両親を。きみの国を、憎んでいる。きみを辱め、きみの両親を殺し、きみの国を滅ぼしても足りないほどに、憎んでいる」

「……ああ」

エルシィの洩らした声は、自分でもそうと感じられるくらいに悲しげだった。

「そして、きみを……きみ自身を、殺してしまいたいくらい……」

ひゅっと、エルシィは息を呑んだ。

「わたしを……殺すの？」

「そう、殺してしまいたくて……殺せない。きみなんて、僕の片手で捻り殺せるのに」

「どういう……意味？」

彼はじっとエルシィを見つめ、そして近づいてくると、唇を重ねる。

「ん、……、っ……」

ルードヴィーグの言葉の意味が訊《き》きたかったのに、柔らかい唇の感覚は、エルシィの思考を奪ってしまう。

こうされている瞬間は、まるで彼に愛されているかのようだ。そっと優しくくちづけられて、エルシィの記憶にはかつて赤い紐《ひも》でふたりの指をつなぎ合わせたときが蘇る。あのころは両国も平和で、このような争いが起こるとは夢にも思わなかったのに。

「っ、……ん、……ん、ん、っ！」

ルードヴィーグの手が、エルシィの体をなぞる。顎の形を確かめるように触れられ、咽喉を少し押されるとぐっと苦しくなった。思わず声がひくついて、くちづけているルードヴィーグはそんなエルシィの反応を愉しむように、唇を震わせた。

「あ……、ル……ド、ヴィー……、っ、……」

彼の心が、聞きたい。殺してしまいたいけれど殺せないとは、どういう意味なのだろう。しかしエルシィの声は、くちづけに紛れてしまう。

指は鎖骨をすべり、エルシィの左胸に至る。ドレス越しにぎゅっと乳房を摑まれて、反応した体は、しかし拘束されていて動けない。動けないことは、体の奥の炎を燃えあがらせる。まるで消えていた蠟燭《ろうそく》にいきなり火をつけたかのようにエルシィは反応し、しかしぎりぎりと縄が音を立てるだけで、まったく身動きは取れないのだ。

「や、ぁ……、ぁぁ……、っ……」

「もう、こんなに尖らせて」

指先をてんでに動かして、ルードヴィーグはエルシィの乳房を愛撫する。彼の指が動くごとに、その言うとおり乳首が硬く凝ってくるのがわかる。

「憎んでいる相手に、こんなことされて感じるんだ。だから淫乱だって言うんだよ。

縛られて、触られて……感じられるんだから、どうしようもない」

「わたしは……、憎みたく、なんか……、な……」

ぎゅっと力を込めて揉《も》まれ、エルシィの言葉は最後まで形にならなかった。体の奥が、熱を帯びる。芯が熱くなってくる。ルードヴィーグによって慣らされた、あの感覚がまた生まれてくる。

「あ、あ……ああ、あ……！」

乳房を刺激されながら、唇を吸われる。ちゅく、ちゅく、と聞きようによってはかわいらしい音だけれど、伝わってくるのはかわいらしいどころではない、体の奥にまでじんじんと響く、耐えがたいまでの快感だ。

「ん、……く、……ん、っ……」

下唇をくわえられ、音を立てて吸われる。柔らかい部分をきつく吸われて、ぞくぞくと背を走るものがある。それは下肢にも至り、拡げさせられた脚の間が潤むのを感じた。

「やぁ、……、っ……、……」

ルードヴィーグはエルシィの唇をくわえては吸い、軽く咬みついてくる。その痕を舐められて、すると小さな傷から唾液が沁み込んできてまた快感を煽られた。

あ、あ、と小刻みにあがる声音はあまりに淫らに色めいていて、聞き苦しい。淫猥《いんわい》なくちづけから逃げようと首を振っても、ルードヴィーグの強い手が顎を押さえていて動けなかった。

「……っ、ん……、っ……！」

下唇を、何度も吸われる。じんと痺れて震え始めた唇はなおも吸われ、少し舐められるだけで震えるほどに感じる場所になる。エルシィのあげる声から、もう耐えがたいと苦しみさえ覚え始めているのはわかっているだろうに。ルードヴィーグは唇への愛撫、そして左胸をもてあそぶ手を止めない。

「ひぅ……、っ、……、っ……」

さんざんに舐められ、溶かされた唇の間に舌が入り込んでくる。唇の裏側の濡れた部分を啜られ、音を立てながら舐められる。エルシィの唇の端からしたたりが落ち、顎をすべっていく。それにさえ感じて震えるエルシィの体は水車に縛りつけられ、せいぜい指先を震わせることくらいしかできないのだ。

「ん、……っ、む……、っ、う……」

唇に吸いつかれ、きゅうと力を込められる。ぞくり、と背筋が震えた。開いた両脚の間からもしずくが伝って、腿をすべって落ちていく。

（ああ……、こ、ん、な……、……）

これほど屈辱的な格好で、自由さえ許されないで。このようにもてあそばれてさえ感じる自分の体を呪《のろ》いながら、それでも縛られた体は、ルードヴィーグの愛撫から逃れられない。

歯の表面を舐められると、ぞくりとした。彼の舌は何度も歯を往復し、それに自分が歯を食い縛っていることに気がついた。頑なに閉じた歯を舐め溶かそうとでもいうように舌は動き、そのたびにぞくぞくする感覚を味わわせられながら、エルシィは考える。

(口を、開いて……舌を、噛んでやれたら。せめて……そのくらいの、抵抗は)

それなのに、なぜできないのだろう。それこそ、このような屈辱を味わわされるくらいなら自ら舌を噛んで死ねばいいのだ。それもできないのは、怖気《おじけ》づいているからかもしれない。それでも、その理由は。

(ルードヴィーグ……)

彼はなぜ、このような辛《つら》そうな顔をしているのだろうか。エルシィを攻め立てているのは彼なのに、まるでなにかに追い詰められているかのような。それは両親を喪《うしな》った悲哀なのか、国を滅ぼされた嘆きなのか。彼の表情に宿るその影が、どうしてもエルシィを揺り動かす。彼を、嫌うことができない。

(どうしても、憎めないのだわ……。こんな、こんな……ふうに、されてさえ)

くちゅ、くちゅ、と唇を吸いあげるルードヴィーグが、その歯がつけた小さな傷を舐める。音を立てて唇を離した彼が見たのは、エルシィの目尻《めじり》から伝ったひと粒の涙だったはずだ。

「どうして、泣くの？」

その涙を舐め取りながら、ルードヴィーグがささやく。

「そんなに、気持ちがいい？　もっとしてほしいって……泣いてるの？」

エルシィは、ルードヴィーグを見あげた。やはりその顔には宿る影がある。エルシィは、彼を憎みたいのに。このようなところに閉じ込めて、無体を重ねる彼を憎んでしまいたいのに。どうしてもそうできないのは、その影のせいだ。涙を流すエルシィ以上に悲嘆を孕《はら》んだその影が、エルシィを悲しませる。彼を、心から憎ませてくれない。

「エルシィは、本当に気持ちいいことが好きなんだね」

悪辣《あくらつ》な笑み。エルシィを襲う悪漢《あっかん》のような彼は、エルシィを憎んでいるのだ。大切な人を奪われ大切なものを奪われ、ゆえにエルシィを憎み復讐しているのだ。そんな彼を憎悪し、醜い感情をぶつけ合えば少しは楽なのかもしれないのに。

しかしエルシィは、ルードヴィーグを憎むことができない。心の底から憎むことができない。彼のまなざしに宿る影が、エルシィをためらわせる。

「お望みどおり……もっともっと、気持ちよくしてあげるよ。私はきみに傅《かしず》いて、きみの奴隷《どれい》になろう。きみの快楽のためになら、靴《くつ》の裏だって舐めてあげるよ」

「やめ、て……、そんな、こと……」

ぞわり、と震えながらエルシィは呻いた。彼のわざとらしい卑屈なもの言いは、彼の憎しみのほどをより濃く現していると感じた。だからこそエルシィは脅え、同時に彼の宿す影の意味を知りたくてたまらない。

再び、くちづけが下りてくる。表面を重ね合わせるだけのキスが続き、エルシィの脳裏はとろとろと溶けていく。彼はそうやってエルシィの思考を乱し、与えられる快楽のことしか考えられなくしてしまう。

「ん、……、く……、っ、……ん、ん……」

その間にも、左胸に這った手は淫らにうごめく。指を絡ませて揉み、そのまま乳首をつまんで捏《こ》ねるように刺激して。エルシィの体が震えるのを愉しむように、左の乳房ばかりを愛撫した。

「や、ぅ……、ん、な……、っ……」

右の乳房も、愛撫を待って震えている。しかしルードヴィーグはそのようなことなど気がついていないかのように、左への愛撫を続ける。エルシィが微かに身を捩ってても、その顔に偽悪的な笑みを浮かべてエルシィにくちづけ、左胸の乳首を柔らかい肉に押し込むように押さえつける。

「ねぇ、エルシィ」

ちゅくん、と唇を吸いあげながら、ルードヴィーグは言う。

「こうやって、かわいがってあげてたら……大きくなるものらしいよ」

エルシィの上唇の形をなぞりながら、彼はくすくすと笑った。その振動が敏感な肌に伝い来て、エルシィは大きく震えてしまう。

「こうやって、左だけずっとかわいがってあげようか？　大きさの違う、いびつな胸……右には詰めものでもしないと人前に出られない体にして」

うたうようにそう言いながら、ルードヴィーグはなおも愛撫を続ける。

「……私だけのものにするのも、いいね？　私だけにしか、見せられない体にするのも……」

「や、めて……」

エルシィは呻いた。しかし水車に縛りつけられている体では微かに身じろぎするのが精いっぱいで、ルードヴィーグの手から逃げられるはずがない。

「殺してほしいと言ったのは、きみなのに？」

乳首をつまみ、指先で転がしながらルードヴィーグはささやく。

「死ぬ覚悟があるのなら、体なんてどうなってもいいじゃないか……。大丈夫、いびつになったきみの体を、晒し者にしたりはしないよ。私が大事に、ずっと大事にしていてあげるから……」

「ルード、ヴィーグ……、っ……」

その口調は、狂気じみていた。エルシィの脳裏には、腐り果てた自分の体を抱きしめるルードヴィーグの姿が浮かんだ。ぞっと背が震えたのは、ルードヴィーグが舌を差し挿れ口腔を抉ったからばかりではなかった。

「……っ、ん……、っ、……」

歯の裏を、歯茎を、上顎を舐められる。そこを舌先で探られると、たまらなく感じる。それはルードヴィーグが繰り返しエルシィに教えたことで、その点ではエルシィは彼の優秀な生徒だった。

「く……、っ、……ん、っ……」

頬の裏をくすぐられる。舌を絡みつけられて、じゅくりと吸われる。舌が抜けそうなほどに強く吸われることがこれほどの快感に変わるとは、ルードヴィーグに教えられるまで知らなかったことだった。

「ふっ、……、っ……、ぅ……」

エルシィの口の端から、したたりが伝う。同時に下肢からもしずくが溢れていることを、ルードヴィーグは気づいているのだろうか。エルシィは下肢を捩ろうとしたけれど、両脚は水車に縛りつけられている。下肢を意識すると重ねられている唇、彼の大きな手が摑んでいる乳房もがより敏感になるような気がする。それは狂おしいほどの疼《うず》きとなって下肢に溜まり、蜜液となって流れ落ちる。

「こんなに感じて……、いい子だね」

やはり唇を重ねたまま、ルードヴィーグは言った。

「もっと感じさせてあげるよ……、きみが、もうやめてって言うまで、ね」

「い、や……、っ……」

自由にならない体を、それでも懸命に捩りながらエルシィは叫ぶ。

「もう、いや……やめて。こ、んな……」

「でも、きみは感じてる」

ルードヴィーグの手が、エルシィの下肢に触れる。薄いとはいえドレス越しに少し刺激を与えられただけでは、よけいもどかしくなるばかりだ。エルシィは掠れた声を洩らし、それを吸い取るようにルードヴィーグは深くくちづけてきた。

「邪魔だね……、これは」

唇越しにそうささやいて、ルードヴィーグはエルシィのドレスの襟《えり》もとに指をかける。

「こんなもので、きみの体を隠しているのは……もったいない」

「あ、……、っ!」

ぴり、と耳障《みみざわ》りな音がした。なんの音かとエルシィが驚くのと、ドレスがびりびりと襟もとから裂けていくのは、同時だった。

「やぁ、……っ……！」

「全部、脱がせるよ……？　きみのきれいな体が、見たいから」

「だか、ら……って、……ああ、あ……っ……」

ルードヴィーグの指は、腹部まですべった。そこには縄がかけてあり、エルシィの胴を水車に縛りつけている。それが邪魔だといわんばかりに、両手でドレスを半分に引き破ってしまう。

そのまま彼は、愉しむようにゆっくりと、裾《すそ》までを破った。愛撫を受ける乳房も、深いくちづけが苦しくて上下する腹部も、淡い茂みも、その奥も、すべてがルードヴィーグの目に晒される。

「ふふっ……、そういうふうに乱れた格好も、素敵だよ」

目を細めて、ルードヴィーグはささやく。

「素晴らしいじゃないか。かの誇り高き、アーレーシャン王国の姫ぎみが、水車にくくりつけられて破れたドレス一枚で……こんな眼福に預かれるのも、まったくきみの両親のおかげだよ」

ひくり、とエルシィの咽喉が震える。ルードヴィーグは唇をほどき、羞恥に震えるエルシィを見つめた。じっと注がれる視線に耐えられない。エルシィは唇を噛《か》んでかたわらを見てうつむき、逃れられないルードヴィーグの視線に耐えた。

「ね、ぇ……どうし、て……」

しかし問いを投げかけようとしても、注がれる彼の視線に押さえ込まれてしまう。殺したいけれど殺せない、とはどういう意味なのか。そしてその顔に宿る影の理由は。目をあげて、するとルードヴィーグと視線が絡む。彼の蒼い瞳に浮かぶのは明らかな情欲で、その視線だけで体を貫かれるような気がした。

「い、やぁ……、っ……」

「好きなだけ、叫ぶといい」

ドレスの裂けた痕を、指先で辿りながらルードヴィーグは言う。

「どうせ、誰にも聞こえない。聞く者なんていない……ここには、私たちしかいないんだから」

アンセルムがいるではないか、とエルシィは思った。今までの暮らしの中では、従者の存在など意識したことはなかった。しかしこの塔の中、ルードヴィーグに従うのがたったひとり、アンセルムだけだとなれば意識せずにはいられない。そのアンセルムが、エルシィに反感を抱いているのだとなれば、なおさら。

「ねぇ、エルシィ。声を出して。きみが、きれいな声で喘ぐのを聞きたいんだよ……」

そう言って、ルードヴィーグは手を伸ばす。隠すもののなくなったエルシィの体に触れ、すると全身の肌が粟立《あわだ》つ刺激があった。エルシィは身をくねらせて喘ぎ、そんな彼女の反応を悦ぶように、ルードヴィーグは腹部から腰へ、そして淡い茂みに指をすべらせる。

「ひぁ……、っ、……、っ……」

彼の指が、すでに尖っている芽の先端に触れた。エルシィはびくりと肌を震わせたけれど、四肢を動かすことはできない。そっと、まるで壊れものにでも触れるかのようにルードヴィーグは指を動かし、それがあまりにももどかしかった。

「やっ、……っ、……っ、と……っ……」

「なに？」

両手足を動かせないので、伝わってくる感覚から逃げることができない。気を逸《そ》らせられない。体の奥に疼く熱をもてあまして、エルシィは声をあげる。

「さわ、……っ、……て……」

そう口にして、思わず唇を噛む。これほどあからさまに、ねだる言葉を吐いてしまうなんて。しかしもどかしさは羞恥を上まわり、目をすがめて自分を見つめるルードヴィーグを前に、再びエルシィは口を開く。

「触って……、もっと。も……っ、と……」

「素直だね」

ルードヴィーグは邪悪な笑みとともに、エルシィにくちづける。キスは唇に、頬に、顎に。首筋にすべって舌を這わせられ軽く咬みつかれて。彼の歯が肩に食い込んだとき、エルシィは悲鳴のような嬌声をあげていた。

「こんなところも感じるのかい？　きみの体には、まだまだ秘密がありそうだね……」

「や、ぁ……、っ、……、っ……！」

エルシィの悲鳴を無視して、ルードヴィーグはきちり、きちり、とエルシィの肩に歯の痕をつけていく。それがたまらない刺激になって、エルシィは嬌声をあげる。ルードヴィーグの舌が傷を舐めて、それがまた快感になった。エルシィは身を震わせて淫靡《いんび》な声を綴《つづ》る。

「……っ、あ……、ああ、あ……、っう……」

肩から腋《わき》へ舌がすべり、敏感な部分を辿られて、体中にぞくぞくとする感覚が走る。それがもどかしいような、同時に心地いいような、奇妙な感覚に囚《とら》われる。

「まだ、ここに触れてあげただけなのに」

腋のくぼみにちゅくちゅくとくちづけながら、ルードヴィーグがささやく。その声さえもが濡れた肌には刺激となって、エルシィはひくひくと身を震わせる。

「もうそんなに反応して……、かわいらしい」

肌が、いつもよりも熱いような気がする。ルードヴィーグの声もどこか興奮していて、そういえば薬を飲まされたのだ。あれが影響しているのだろうか。ふたりの肌の、声の温度を高めているのだろうか。

「つあ……、ああ、あ……、っ……」

破れたドレスを左右に押しのけて、ルードヴィーグはキスを落としていく。唇は腋を這い先ほどドレスの上から愛撫されていた乳房に至り、彼の口は尖った乳首を挟み込む。きゅっと吸われて、エルシィは声をあげる。

「ここも……片方ばっかりかわいがってあげてたら、大きくなるらしいけど」

ルードヴィーグの唇が挟むのは、左の乳首だ。赤く尖ったそれは、直接触れられる悦びに硬くなったような気がする。快感が直接伝わって、腰が大きく震える。唇がわななく。

「んっ、……ん、……、っ……」

なおも強く吸いあげられる。胸の奥から疼きが走った。かり、と軽く噛まれて、それも刺激になってつま先までに突き抜ける。

「っ……あ、あ……あん、っ、……!」

歯の痕を舐められる。体の芯が性感を求めていて、エルシィは自由にはならない腰を捩る。それに気づいているはずなのに、彼の手は茂みの上を行きつ戻りつするばかりなのだ。

「そうしたら、きみの体はますますいびつになるね。私にしか見せられない体になるね……？」

「いや、ぁ……、っ、……、っ……」

エルシィは、ふるふると首を振る。髪の毛が頬に当たってそれにさえ感じるほど体は敏感になっているのに、性感の中心には触れず、ルードヴィーグはエルシィの乳首をちゅくちゅくと吸う。

「っあ、あ……あ、あ……ああ、ん、っ……！」

足の指が、痛いほどに反った。それほどに強い痺れが伝い来て、エルシィの体は小刻みに痙攣する。ぎしっと縄が音を立て、その音に身動きできない自分に気づかされ――それにまた、感じてしまう。

「ふふ……、こっち。もっと、触ってほしいんだよね」

指先でくすぐるように触れるだけだった秘芽を、ルードヴィーグの爪先《つめさき》が擦る。それが体中に響く快楽となり、エルシィは切れ切れの喘ぎ声をあげた。

「やぁ、あ……あ、あ……、っ、……」

爪で引っかかれ、それは強烈な刺激となって全身を走る。エルシィが身を反らせると縄の音が混ざって、それさえもが悦楽を示しているように聞こえる。

「でも、まだだめ。きみのここが、甘くて……まだ、味わっていたいんだ」

「いや……、っ、……、も、う……」

腿を伝って垂れ流れる蜜の感覚ももどかしく、エルシィは声をあげる。手も足も縛られていて、自由になるのは声だけで——その声さえもうまく紡げず、ルードヴィーグの笑みを濃くするばかりなのだ。

彼の指が、鼠径部《そけいぶ》をなぞる。そのまま芽に触れてもらえるかと体は期待するのに、指は肝要なところには触れてこない。その代わりとでもいうように乳首を吸われ、舌先で押し潰された。

「も、……ぉ、……や、っ、……、っ……」

歯を立てられて、痕を舐められて、刺激がびりびりと全身を走る。溢れる淫液は、肌をすべってぽたぽたと落ちていく。

「お願い……、ちゃんと、触って……。こ、こ……っ……」

するりと撫でては、指が去っていく。はっと息を呑むと、また触れられる。同時に音を立てて乳首を吸われ、執拗にちゅくちゅくと舐められ、また吸われた。このままでは、本当に片方だけが大きい、いびつな乳房になってしまうだろう。

「ああ、……って……、さわ、って……」

しかし今のエルシィは、そのようなことを意識してはいなかった。ただ欲しいのは、触れられる刺激だ。声をあげ、それをねだる。

「やぁ……、っ、……、っ……」

体の奥では炎が燃えて、鎮火《ちんか》しかけてはまた燃えて。その繰り返しに、縄がなければエルシィの体はくずおれていただろう。

しかし水車に縛りつけられた体では動くこともままならず、ルードヴィーグの気まぐれに翻弄《ほんろう》されるしかない。彼の気が変わって、このまま立ち去られでもすれば、エルシィは疼く体をもてあまして。気が、おかしくなってしまうかもしれない。

「ルードヴィー、グ……、っ……」

「じゃあ、きみからキスして?」

ちゅくん、と音を立てて乳首から唇を離したルードヴィーグは、そう言った。

「キスして、きみが私の口の中を味わって……きみが感じるところを、直接教えて?」

「あ、……っ、……」

ルードヴィーグの顔が近づいてくる。エルシィはひゅっと息を呑んで、そしてできうる限り彼に顔を近づけた。唇の表面が重なると、ルードヴィーグは深くを求めて押しつけてくる。エルシィはおずおずと舌を伸ばし、彼の唇を舐めた。

「ん、……ぅ……ん、……、っ……」

彼は、わざとのように口を閉じたままだ。エルシィは懸命に舌を動かして上下の唇の間を舐め、固い門扉《もんぴ》のようにやっと開いたそこに、舌を差し入れる。

「う……く、……っ、……、っ」

そろそろと挿った舌を、ルードヴィーグのそれがからめとる。きゅう、と吸われて腰にまで貫く感覚があった。ぞくぞくと、体が震える。唇がわななく。歯茎までが疼くのを感じる。

「く、ん、……ん、ん、っ！」

「ほら……、同じこと。私にも、して？」

「ふ、……、っ、……、っ……」

懸命に、エルシィは彼の舌をとらえる。しかし彼がするようにうまく絡ませることができなくて、彼の舌を舐めるばかりになってしまう。

「ふぁ、あ……、あ、……っ……」

「吸って……。きみと、同じ快楽を味わわせて？」

「んく……、っ、……ん、ん……っ……」

ルードヴィーグの、熱い舌をとらえる。吸うとじゅくりと音がして、口の端から唾液が垂れ流れていった。

「もっと、強く……」

喘ぐように、彼がささやく。エルシィは夢中になって彼の舌を吸い、唾液を啜ってはまた吸って。するとだんだんと、頭がぼんやりとしてくる。ただ自分が感じるままにルードヴィーグの頬の内側を、上顎を、そして歯を辿って舐めた。彼がそうするとおりになぞると、ふっと小さく、吐息のような笑いが洩れる。

「上手じゃないか、エルシィ」

ルードヴィーグが笑ったのだ。それは嘲笑《ちょうしょう》に聞こえて、エルシィはかっと頬を熱くし、自分のつたなさに羞恥を抱いた。

「ご褒美《ほうび》だよ……、触ってあげる」

「あ、……、っ、……」

そう言ったルードヴィーグは、焦《じ》らすように動かすだけだった指で、秘芽をつまむ。きゅっと力を込められて、エルシィの嬌声があがる。声は、くちづけるルードヴィーグの口腔に吸い込まれていく。

力を緩められ、突然の激しい快楽から逃れられてため息をつく。しかし続けて何度も力を込められて、くちづけどころではなくなってしまう。

「いぁ、あ……ああ、あ……、っ……!」

体が小刻みに震える。肌がわななく。願った刺激に、しかしあまりに強烈なそれはエルシィを激しく貫いて、すぐに目の前が真っ白になる瞬間がやってきた。

「……っあ、あ……、ああ、あ……、っ……、っ」

どくん、と腰の奥でなにかが大きく跳ねた。下肢が痙攣して、なにか熱いものが湧き出る感覚がある。それは今までの蜜のしたたりとは違って、もっと量が多くて、まるで溜まりに溜まった欲望が限界を迎えて破裂したかのようだ。

「や、ぁ……、っ、……、っ……」

粗相をしたのかと思った。恥じらいにエルシィは身を捩り、しかし唇をほどいたルードヴィーグは、微笑《ほほえ》んでちゅっと重ねるだけのキスをしてくる。

「達ったね」

彼は、エルシィの目の前に自分の手をかざした。それは粘ついた蜜で濡れている。ぽた、ぽた、としたたるものは、エルシィの秘所を潤す淫液だけだとは思えなくて。

「ものすごく感じて、達ったら……こうやって、たくさん噴き出すんだ。エルシィが感じてくれた証《あかし》だよ」

「そ、粗相……、じゃ、なくて……?」

「違うよ。見て、わかるだろう?」

エルシィは、ゆっくりとうなずいた。ルードヴィーグは目を細め、粘液をまるではちみつでも舐めるように味わっている。

「本当に、かわいい……」

呻くように、ルードヴィーグは言った。

「どうして、きみはこんなにかわいいのかな。きみが、こんなに意地っ張りじゃなかったら……素直じゃなかったら。きみを、憎むことができるのに」

「ルードヴィーグ？」

彼がなにを言いたいのかわからない。しかしその言葉の意味を考えている余裕はなかった。蜜でぐちゃぐちゃに潤った秘所に、熱いものが押しつけられたからだ。熱くて硬い、ぬるついたもの。どきり、とエルシィの胸が高鳴った。

「あ、……っ、……、っ……」

ずくり、と濡れた花びらをかきわけて先端が挿り込んでくる。蜜口は悦んでそれを受け止め、満たされる圧迫感と快楽に、エルシィは深く息を吐いた。

「っあ……、あ……、っ……、……」

じゅく、と音がする。体の奥を埋められる愉悦にエルシィは何度もため息をつく。

はっ、はっ、と繰り返される吐息は乱れて掠れて、先をねだるのに、ルードヴィーグはもどかしいゆっくりとした動きで蜜口に触れるだけだ。

「や……、は、や……、っ……」

「せっかちだね、エルシィ」

彼自身もまた荒い息を吐きながら、先を欲しがってしずくを垂らす秘所を突く。しかしねだって開く挿り口をつつくようにするだけで、中にまで挿ってこないのだ。

「ゆっくり、味わわせてくれないの？　きみの、ここは……柔らかくて、吸いついてくるみたいで……気持ち、いいんだ」

「や、ぁ……ん、っ……、っ……」

濡れた音を立てながら、少し先端が挿り込み、じゅん、と引き抜かれ、また突かれる。内壁が反応して絡みつくのをルードヴィーグは振りほどき、エルシィにせつない思いをさせた。

そうやって熱杭にかき乱される蜜口からは、また達したのかと思うほどの蜜がしたたって、その熱さにエルシィは喘ぐ。

「いや、……な、か……、に、……、っ……」

恥じらいもなく、エルシィは声をあげた。

「中、に……挿……れ……、っ、……」

「本当に、エルシィは淫乱だね」

呆《あき》れたように、愉しむようにルードヴィーグは言った。彼の息も乱れていて、先を求めているはずなのに。自分の快楽よりも、エルシィのよがっている姿を見ていたいとでもいうように目をすがめてじっとエルシィを見つめている。

「膣内《なか》に、なんて。姫《ひめ》ぎみの言う言葉じゃないよ」

「だ、……っ、って……」

体が疼くのだ。中から蜜が溢れるのだ。それがしたたって内腿を伝い、その感触でさえもたまらないのに。

「あ、なた……が……、っ……」

ルードヴィーグに飲まされた、あの甘い液体のせいだ。あれが、エルシィを狂わせている。ねだり、求める淫らな女にしてしまうのだ。

「ルードヴィーグが、悪いんだわ……、あんな、もの……」

「薬のことかい？　きみが、もっと気持ちよくなれるようにって思ったんだけれどね……？」

ゆっくりと、先端が挿ってくる。嵩張った部分が蜜口を裂き、その質量にエルシィは息を呑んだ。

「ひ、っ……、っ、……ぁ……」

じゅくり、とふたりの淫液が混じり合って音を立てる。その淫らな音にさえ感じてしまうのは、やはりエルシィが淫乱だからなのか。

「ふふ……、ここ、きつくてぬるぬるで…吸いついてくるみたいだね」

艶めいたため息とともに、ルードヴィーグがつぶやく。

「きみが欲しがってるのが、よくわかるよ。中に中にって、動いて……私をくわえて、離さないいね」

「や、ぁ……、っ……、っ……」

ルードヴィーグの声は、聴覚からもエルシィを追い立てる。自分の体が彼を求めて悦んでいるのは、言われるまでもなくよくわかっている。疼く襞が、挿ってくるものをからめとっている。巻きついて、もっととねだってうごめいている。

「……ひぁ、あ……あ、ああっ！」

また濡れた音がして、引き抜かれる。エルシィの秘所は、彼を食い締めた。しかしルードヴィーグは残酷にもすべてを抜いてしまい、蜜口はぱくぱくとうごめいて失ったものを惜しんだ。

「っ、あ、や……ぁ……、っ……、……！」

エルシィは身悶《みもだ》えし、しかし四肢を縛られた格好では水車が、がたがたと音を立てるばかりだ。その音が奇妙に不気味に聞こえて、自分が囚われの身であることが恐ろしくなって。エルシィの目尻から、涙が溢れ出す。

「ああ、ごめん」

そう言って、ルードヴィーグが涙の痕にキスをしてくる。

「泣いているきみも、かわいいけれどね……けれど、喘いで乱れて、おねだりしてくるきみの姿も見たいから……」

「……っあ、あ……、ああ、あ、あ！」

熱は、ひと息に挿ってきた。ずくりと蜜口を拡げ、内壁を擦る。濡れそぼったそこは彼に絡んで吸いついて、今度こそは逃がさないとでもいうように巻きついた。

「ふぁ、あ……、ああ、あ……、っ、……」

「……く、っ……」

じゅく、ずく、と楔《くさび》は中を犯していく。蜜襞はますます濡れて、ふたりの繋がりを深くした。求めるものをやっと得て、全身を貫く悦びにエルシィは声をあげる。

「ああ、……あ、……、っ、……ああ、ん、っ！」

彼の熱は、エルシィの襞を押し拡げた。その奥に潜む、感じる場所。少し触れられただけで体中が痙攣するような、快楽の部分。今までのもどかしさなど忘れる勢いで、そこを何度も何度も擦られて、エルシィは目の前がちかちかとするのを見た。

「いぁ、あ……っ、っ……あ、あ……っ、あ、あ！」

「エルシィ……」

呻くようにルードヴィーグがささやく。その苦しげな声はエルシィの性感を貫いて、体の奥からたまらなく感じさせてくる。

「いや、……だ、め……っ、……」

エルシィは腰を捩る。しかし縛りつけられた体が自由になるはずはなく、ぎしぎしと縄が音を立てる。それに煽られるようにルードヴィーグは腰を進め、中ほどまでを穿《うが》たれたところで、ずるりと引き出され、それを惜しむ声をあげるとまた突かれて。また突き挿れられて。

「ああ、あ……っ、……、っ……！」

ずくんと突きあげられて、眼前のきらめきが大きくなる。大きな星の瞬きが弾けた瞬間、全身を走り抜ける衝撃があって、エルシィはつま先までを強く引き攣らせた。

「ひ、ぅ……、っ、……ん、……っ……！」

「っ、……、う……」

なにもかもが見えなくなって、聞こえなくなって。指先にまで流れ込む灼熱《しゃくねつ》があった。それだけが感覚のすべてで、声を嗄《か》らしてエルシィは体中を駆け巡るものを受け止める。大きく、身が震える。

「あ、ぁ……、っ、……、っ……」

熱すぎる刺激はエルシィからすべてを奪って、ただそれしか感じられなくしてしまう。焦らされた内部が焼かれる感覚は甘美で、蕩《とろ》けるようで。ああ、と何度もため息がこぼれた。

「っ、あ……、っ、……ぅ……っ」

どろり、と体内から溢れ出すものがある。それはエルシィの流す蜜液よりも粘度があって、肌を伝う感触にエルシィは何度も身を跳ねさせた。そのたびに、縄がぎしぎしと音を立てるばかりだったのだけれど。

「い、……ぅ……、っ、……」

体内が熱い。火傷《やけど》しそうな熱は治まらず、同時に膣内を抉る圧迫感は萎《な》えることなかった。それどころかますます力を得て、エルシィの奥を探ってくる。もっと深い場所で感じさせようとでもいうように突きあげられて、エルシィは身を引き攣らせる。

「や、ぁ……、っ、……」

「これが、欲しかったんだろう？」

はっ、と乱れた声で、ルードヴィーグがささやく。

「さっきから、ずっとねだってたじゃないか。欲しいって言ってたのに……あげたら、いらないって言うんだね？」

「だ、め……、っ、……だ、って……、っ……」

そんなエルシィを責めるように、太いものが内壁を抉る。ずく、ずく、と楔はさらに奥を突き、ふたりの体重を受けて水車が軋《きし》んだ音を立てた。

「きみが、そんなに誘うんだから。一回くらいじゃ足りないよ？」

「だ、ぁ……、っ、て……、っ……」

それはエルシィの最奥を突く。襞を拡げながら抜かれ、また突き立てられる。ルードヴィーグが攻めあげるたびにふたりの繋がった部分からは濡れた音がして、したたりが流れて。彼の動きのすべてに感じさせられるエルシィは、切れ切れの声を洩らすしかない。

「……、っ、すぎ……て……、っ……」

「なに？」

深くを突きあげながら、ルードヴィーグがささやく。彼はエルシィの目もとにくちづけ、その部分をなぞるように舌を這わせてくる。そんな動きにも感じて、エルシィは身を震わせた。

「あつ、い……の、っ……」

「熱いだけ？」

からかうようにそう言って、ルードヴィーグはエルシィの拡げられた内腿に手をかけた。すると臀が彼により密着し、これ以上はないと思った奥を突きあげられる。

「いぁ……あ、あ……あ、ああ……、っ、……！」

「気持ちいいって……、言えばいい。感じてるんだろう？　私に、犯されて。深くを突かれて、悦んでるんだろう？」

「や、ぁ……、っ、……、っ……」

彼の下生えが、感じて腫れあがった芽を擦るのにさえも感じさせられる。それほど深く、近くに繋がり合う彼の顔を、エルシィは見つめた。微かに汗ばんで火照《ほて》った顔。

欲に満ちて淫猥に光る瞳。小刻みな息を吐く濡れた唇。

「ルード……ヴィー、グ……、っ……」

思わずつぶやいたその声音に、ルードヴィーグはなにを感じ取ったのか。彼はエルシィの下肢を押しあげる手をほどいた。その手は破れたドレスをまとう体を這いのぼり、エルシィの肌を粟立たせた。

「っ、……、う……、っ、……」

下肢の抜き差しを続けながら、ルードヴィーグの手はエルシィの頬にすべる。ふたりの視線が絡んで、引き寄せ合うようにくちづけて。下肢からあがる淫らな音とは裏腹に、重ねるだけのキスがたまらなく心地よかった。

「エルシィ……」

ルードヴィーグの手はそのままエルシィの耳に触れ、ひくりと震えた肩に触れる。そうやってエルシィの体をなぞりあげる彼の手は、縛られくくられたエルシィのそれをとらえ、ふたりの手が触れ合う。

それは吸い寄せられるように合わさって、指が絡んだ。編み合わせるように強く触れ合って、すると繋がった下肢よりも、合わせられた唇よりも、互いの体温を、肌の感触を。心を、感じられるような気がした。

求め合う唇で、彼の名を呼ぶ。するとやはり触れ合う唇でエルシィの名が綴られる。

同時にずくんと突きあげられ、エルシィは甲高い声をあげた。

「あ、や……、っ、……も、っと……っ……」

体内で、欲望がまた大きく育つ。求めていたよりももっと深く、深くを抉られて、絡み合う指に力を入れると、彼もまた強く摑んできて、ふたりはこれ以上はないくらいに深く、繋がり合った。

「ふぁ、……ん、……、っ、……」

重なった唇から、喘ぎが洩れる。ぎしぎしと水車が軋む音、繋がった部分からあがる水音、そしてルードヴィーグの微かな呻き声。それらを耳に、エルシィの体内の炎が高まっていく。

「もっと、して……深く、まで……っ……」

「わがままな姫ぎみ」

掠れた声で、ルードヴィーグはささやいた。

「これ以上……貫いて、きみを、めちゃくちゃにしろって……？　壊れて……もう、このことしか考えられなくなっても？」

「ああ……、いいの……いい、い……の、……、っ……」

もっと深い部分まで、抉ってほしい。この体の秘密をすべて暴いてほしい。なにもかもをルードヴィーグに見せたい。知ってほしい。

「いぁ、あ……、ああ……、っ、……！」

最奥を穿たれ、そこにあるもっとも感じる部分を突かれた。衝撃にエルシィは大きく目を見開き、つま先にまで貫く感覚に身を強ばらせる。

「や……、っ、ぁ……、っ……、ぅ……！」

そのようなところがあるなんて、自分でも知らなかったのに。エルシィが立て続けに裏返った声をあげると、そこがエルシィのもっとも感じる場所だとルードヴィーグは気がついたらしい。何度も何度も突きあげてきて、エルシィを攻めあげる。

「いや、ぁ……っ、……、あ、あ……っ、……！」

「エルシィ……、言って」

そうやってエルシィの体を翻弄しながら、ルードヴィーグは言うのだ。

「こうされて、どう……？　気持ちいい？　私に抱かれて、どう……？」

「そ……、ん、な……、っ……、っ、と……っ……」

喘ぎ声に絡ませながら、エルシィは必死に言葉を綴る。

「あ、あ……、っ、ち、い……わ……、とて、も……あ、ああ、！」

可能な限り腰を揺らして、彼との結合を深くしようとする。新たな部分を擦られるたびにエルシィは濡れた声をあげ、そんな彼女の淫らな心を引き出そうとでもいうように、ルードヴィーグは体を揺すり立てた。

「きみは……、幸せかい……？」

「え、……、っ……？」

彼がなんと言ったのか、はっきりとは聞こえなかった。幸せ？　ルードヴィーグは、エルシィにそう尋ねた？

「あ、ああ、……あっ、あ……あ！」

同時に抽挿《ちゅうそう》を激しくされて、エルシィの思考は霧散《むさん》してしまう。突きあげられ引き抜かれ、また擦り立てられて、目の前の真っ白になる瞬間がやってくる。

「いぁ、あ……っ、……、……あ、あ！」

「……っ、……く、……っ」

どくり、と彼が体内で質量を増し、そして放たれる灼熱——エルシィは声を失って身を引き攣らせ、指先にまで流れ込んでいく粘液を感じた。

「は……、ぁ、……、っ、……、っ……」

体のすべてが、ルードヴィーグの放ったもので染められていく。体の奥から焼かれていく感覚にエルシィは喘ぎ、つま先までを痙攣させて、咽喉奥をわななかせる。

荒い息が治まらないうちに、じゅくりと彼が抜け出ていく。粘ついた白濁がともに流れ出る感覚にぶるりと震え、強く目をつぶったエルシィは、奇妙な音を耳にはっとした。

きりきりと、なにかが軋む音。視線を落としたのと右足が自由になったのは、同時だった。

「な、に……？」

「ルードヴィーグ……？」

「じっとしてて。怪我《けが》をしちゃいけない」

あがる音は、彼が手にしているナイフが縄を切る音だ。エルシィは身を強ばらせた。

彼は丁寧に、エルシィを拘束する縄を一本一本切っていく。

「な、……に、を……」

今までは、ルードヴィーグほこれほど丁寧に拘束を解いてくれたことなどなかったのに。

最後に手首を縛っていた縄を切ったルードヴィーグは、倒れ込むようにその腕の中にくずおれたエルシィを抱きしめた。

「ルードヴィーグ……？」

エルシィ、と彼はつぶやいた。その声は、エルシィのよく知っている――この嘆きの塔に閉じ込められる前の彼の口調だ。先ほど手を取り合ったとき感じた、彼の温もり――心も溶け合ったように感じたのは、エルシィだけではなかったのか。

ルードヴィーグは、エルシィを憎んでいるのではなかったのか。両親を殺され国を滅ぼされ、その復讐にエルシィを辱めているのではなかったのか。

「ルー……、っ、……」

強く抱きしめられ、エルシィは彼の名を呼ぶこともできなかった。つながったように思った心は、やはりわからなくて——ただ彼が、単なる憎しみだけでエルシィをこのような目に遭わせているのではないということが、伝わってきた。

（だったら……、どうして？　ルードヴィーグは、なにを考えて……なにを、思っているの？）

しかしそれを尋ねるのは、恐ろしい気がした。エルシィは、縄の痕のついた手を伸ばす。ルードヴィーグの背を抱き、エルシィ自身からも彼に抱きついて、そして目を閉じた。

□

ノックの音が響く。

エルシィは、はっと後ろを振り返った。がちゃり、とあがったのは、エルシィを拘束している鎖の音だ。そして、下肢につけられた貞操帯。ルードヴィーグに攻め立てられていないときは、金属でできた貞操帯をつけさせられているのだ。

その音を聞くたびに、自分の身のうえを自覚する。囚われて、逃げられなくて。高い塔の、どことも知れない場所に閉じ込められている。

「ルードヴィーグ……？」

しかし彼にしては、せわしない音だ。返事をすると、入ってきたのはアンセルムだった。

「どうしたの？」

エルシィの食事の世話をする彼だ。しかしもう夕食も終わっている。例によって枷は解かれず、彼に食べさせてもらうという屈辱は続いていたけれど。

「なに……」

いったい、なんの用だというのだろうか。

「ルードヴィーグさまが、お呼びでいらっしゃいます」

どきり、とした。今度はどの部屋に連れていかれるのか、どのような拘束具が待っていて、どのような目に遭わされるのか。エルシィが目を見開いたのを、なにを考えているのかわからない表情でアンセルムが見つめる。

彼は、ルードヴィーグが呼んでいると言った。そのときの口調が、どこか粘ついたようなものであったのは気のせいだろうか。エルシィを見つめる表情のなさもその不気味さを増していて、エルシィはぞくりとした。

彼はそれ以上はなにも言わず、鍵《かぎ》を取り出すとエルシィの腕に嵌まっている鎖をほどいた。かしゃん、と音がして両腕が自由になる。その瞬間、自分に羽根が生えて、この恐ろしい場所から逃れられるような気がした。もちろん、そのようなことは幻想にしか過ぎないのだけれど。

「エルシィさま、どうぞ」

アンセルムに手を取られ、ゆっくりと立ちあがる。足にも枷がついていて、しかしそれは外してもらえない。歩くに支障はないくらいの鎖の長さは、かえって残酷だ。もしかしたら逃げられるかもしれない、アンセルムの手をふりほどいて走れるかもしれない。そんな考えを抱《いだ》いてしまうから。

ふたりの足音と鎖の音が、石造りの廊下に響く。この塔にはほとんど窓はなく、あっても顔が出るか出ないかというような小さなものだけだ。しかも今は夜で、月明かりさえもない。頼りになるのはアンセルムの持っている燭台《しょくだい》の蠟燭の灯《あか》りだけで、それもそのはず嘆きの塔というのだから、居心地のいい場所であるはずがない。

それにしても伝わってくる寒々とした感覚はいつまで経っても慣れることのできないもので、肌に沁み込む冷たさにエルシィはぞっとした。

石の廊下を、どれほど歩いただろうか。足の鎖は重く、エルシィは疲労を覚え始めた。それを訴えようとしたとき、やはり石造りの扉が右手に見えた。

「あちらです」

「……ええ」

いったいなにがあるのか。自分はどうなるのか。恐れに身をすくませながら、エルシィはアンセルムに引っ張られるようにそちらに進んでいく。アンセルムは燭台を足もとに置き、石の扉を押す。ぎぃ、と軋む音が響いて、その耳障りなどよみにエルシィは思わず息を呑んだ。

「こ、れ……は、……」

中はやはり冷たい石の部屋だった。その冷たさが、エルシィをぞくぞくとさせる。今からなにが起こるのか、想像もできないだけに目の前にそびえるものに瞠目した。

部屋の真ん中には、木で作られた奇妙で大きな背の高い器具がある。エルシィの目の高さほどの場所には丸い穴がみっつ、大きなものを真ん中に左右に小さなものがふたつ開いていて、そのまま視線をあげると、アンセルムが床に置いた燭台の炎をぼんやりと反射する、鋭い刃が——。

「……ギロチン」

ごくり、とエルシィは固唾《かたず》を呑み下した。ルードヴィーグの両親は、ギロチンによって首を落とされ殺されたのだ。それと同じ器具が、目の前にある。

あのときの光景を、思い出した。鋭い音を立てて落ちる刃、跳ね飛んだ首、散った真っ赤な血しぶき。思わず悲鳴をあげそうになって、エルシィは懸命に嚙み殺した。

「ルードヴィーグ、は……？」

エルシィは、震える声でアンセルムに問いかけた。彼はなにも言わず、エルシィの手を取る力を込める。アンセルム、と呼びかける声を無視して彼はエルシィを抱きあげると、ギロチンの台に寝かせ首枷を開く。

「アンセルム、っ！」

エルシィは身を捩り、逃れようとした。足は拘束されているけれど、手は自由になる。手をついて体をあげ、すると台から転がり落ちたけれど、そのようなことには構わず全身の力を精いっぱい使って起きあがろうとした。

「……っ、ん、んっ！」

しかしそんなエルシィの抵抗など、アンセルムにとってはものの数ではなかったらしい。彼は無表情に、黙ったまま暴れるエルシィを再び抱きあげて台に乗せ、首枷にエルシィの首を嵌め込むと、閉じてしまう。

「や、ぁ……っ……！」

エルシィは仰向《あおむ》けだ。首枷に拘束されてしまうと、見あげた上には鋭い刃がある。それは縄で止められていて、どこかにある結び目をほどけば、刃が落ちてエルシィの首は胴と離れてしまうのだろう。

「い、や……、いや、これ……、っ……！」

エルシィは身悶えた。しかし木の首枷ががたがたと音を立て、貞操帯が、そして足首の鎖ががちゃがちゃと耳障りな音を響かせるだけで、エルシィに自由などない。アンセルムは手早く、枷の痕のついたエルシィの手首をとらえると左右の小さな穴に嵌め込んでしまい、エルシィの身動きは完全に封じられた。

――殺される。悪寒が体中に走る。目に映るのはギロチンの鋭い刃で、それが首に落ちる瞬間を想像して、悲鳴があがった。しかしエルシィに抵抗の術はなく、ただがちがちと震えながら身を封じられているしかないのだ。

「ルードヴィーグ、ルードヴィーグっ！」

自由になるのは声だけだ。エルシィは叫んだけれど、アンセルムは目をすがめてエルシィを見下ろすばかりだ。その瞳に宿っているのは殺意、だ。そして疼くような憎しみ。エルシィは唾を呑み込んだ。

「あなたは、ルードヴィーグさまの邪魔になる」

呻くように、アンセルムは言った。

「ルードヴィーグさまは、ご両親の仇を取り……セデルマク王国復興の象徴とならねばならぬかた。その御方が、あなたに囚われ惑溺《わくでき》され……すべて、あなたの魔性がゆえだ」

「ま、しょう……？」

アンセルムは、一歩ギロチンに近づいた。彼が手を伸ばし、刃を留めている縄をほどけば、エルシィはもうこの世にはいない。足枷を嵌められ貞操帯をつけられた屈辱的な体を残して去らなければならないのだ。

「国を出られたときのルードヴィーグさまは、誰もが惚《ほ》れ惚《ぼ》れする威厳を備えていらっしゃった。国の復興を願い、そのためにならどんな手段も厭《いと》わない――凛々《りり》しく、闊達《かったつ》としたお姿だった」

想像できる。エルシィの知っているルードヴィーグは、そういう人物だった。大人になってからは子供だったころほど会う機会はなかったけれど、しかし誇り高く生彩に満ちた男だった。

「ご両親を、あのような非道な方法で亡くされても、女々《めめ》しく嘆くことはなく……そんなお姿を心頼みに、あなたを利用してアーレーシャン王国に復讐を、という案にご協力申しあげたのに」

ぎり、とアンセルムは噛みしめた歯を鳴らした。その音は、石造りの冷えた部屋に不気味に響いた。エルシィはますますの恐怖と悪寒に、大きく震える。そんなエルシィを見つめ、アンセルムはまなざしを尖らせる。

「あなたがいなければ、なにもかもがうまくいく……」

もう一歩、アンセルムが近づいてくる。エルシィの唇は、小刻みに震え始めた。逃げられない——指先までが拘束されてぴくりとも動けない。

「ルードヴィーグさまのお目を覚まして差しあげねばならない。そのためには、あなたの血が必要だ」

自室の寝室から攫われたあの日からエルシィには自由などなかったけれど、今ほど自分が拘束され他人に命を握られているのだと感じたことはなかった。絶命の恐怖に震え、大きく見開いた目には、刃を留める縄に手をかけるアンセルムの手が映る。

ぎしっ、と軋む音がする。アンセルムが縄を手にした。その指が、結び目をほどき始める。きき、きき、とまるで鼠《ねずみ》が鳴くような音は、ギロチンの刃が下りてくる音か。

(ルードヴィーグ……、っ……!)

エルシィの叫びは、声にならなかった。絞り出して絶叫すれば、どこにいるともしれないルードヴィーグに届いたかもしれないのに。しかし声は出ない。歯がかちかちと音を立てる。怖気が、全身を駆けまわる。

(ルード……ヴィー、グ……、っ……!)

ああ、と胸の奥でエルシィは息をついた。死の間際になって思い浮かぶのは、彼のことばかりだ。幼いころ、薬指に赤い紐を結んでくれた彼。凛々しい青年に成長した彼。対立する国同士のものになってしまって変わった彼、しかし忘れられない愛撫をエルシィに刻み、エルシィを変えてしまった彼。

（わたし、は……、ルードヴィーグを……）

「……あ！」

大きな音が轟《とどろ》いた。耳をつんざく乱暴な音にエルシィは、はっとそちらを見る。アンセルムも同様だった。そこにいたのは、濃紺のフラックの裾をなびかせたルードヴィーグだ。その腰にはひとふりの剣が佩《は》いてある。

「誰が、このようなことを命じた」

はっ、とひとつ大きく息を吐きながら、ルードヴィーグは低く唸《うな》った。

「誰が、この部屋へ入ることを許した。ここは王家の嘆きの塔……おまえが、好きにしていい場所ではない」

「も、うし……、わ、け……」

アンセルムは焦燥《しょうそう》しているようだ。その手は縄から離れ、鼠の鳴き声のような音は止まった。差しあたってエルシィの命は救われた——しかしギロチン台に拘束された体はそのままで、アンセルムが緩めたであろう縄がいつほどけ、刃が落ちてくるかわからないのだ。

「おまえの勝手を許した覚えはない」

息の整ったルードヴィーグは、一歩こちらに近づいてくる。その表情は怒りに燃えていて、これほど激高した彼をエルシィは見たことがない。息を呑むエルシィのかたわらで、アンセルムが視線をうろうろとさせている。

「わ、たし……、は……」

アンセルムは、一歩退いた。エルシィは息を呑む。ルードヴィーグが腰の剣の柄に手をやり、その刀身がきらりと淡い光にきらめいたからだ。ルードヴィーグは、本気だ。エルシィを殺そうとしたアンセルムを、脅しではなくその剣にかけようとしているのだ。

「ルードヴィーグさま、には……セデルマク王国の……復興を。このようなところで、女に溺《おぼ》れているなど……」

「僭越《せんえつ》だ、アンセルム！」

あたりに響き渡る声で、ルードヴィーグは叫んだ。その姿は凛々しく、アンセルムが惚れ込んだ彼の表情は、これだったのだろうと思わせる。

「おまえは私に意見するつもりか？　忠臣を気取るか。それとも佞臣《ねいしん》か？　このようなことをして、私を喜ばせようと？」

「ルードヴィーグさまは、間違っておられます」

刀身を見せられて、アンセルムはかえって落ち着いたのかもしれない。エルシィの耳にも冷静に聞こえる声でアンセルムは言った。

「アーレーシャン王国の姫など、殺してしまうべきです。この首を手みやげに……その剣は、アーレーシャン国王夫妻のもとに行き、やつらの首をも刎《は》ねるべきです」

「おまえは、なにもわかっていない」

アンセルムの、エルシィの耳にもまっとうな意見をルードヴィーグは一蹴《いっしゅう》した。嘲《あざ》笑《わら》い、剣をひらめかせる。揺らめく薄明かりに輝く研がれた剣が、妖《あや》しくきらめく。

「なにもわかっていないからこそ、私に着いてきたのだろうが。おまえは王子の小《こ》姓《しょう》でありながら、セデルマク王国の内情をなにもわかっていなかったのだな」

「ルードヴィーグさま……？」

ふたりの会話に、エルシィは眉根を寄せる。ルードヴィーグはなにを言っているのだろう。エルシィも、隣国が争うきっかけになったその本当の根本を理解しているわけではなかったけれど、それにしてもルードヴィーグの言葉はあまりにも不可解だった。

「なにを……おっしゃっているのです」

震える声で、アンセルムは言った。

「わかっていないのは、ルードヴィーグさまのほうではいらっしゃいませんか。女に溺れ、大義を忘れるなど……あなたさまは、セデルマク王国の旗を手にアーレーシャン王国を滅ぼさなくてはいけない。非道なアーレーシャン王国を滅ぼし、両国の頂点に立つのはルードヴィーグさまでなくてはならない……」

「愚か者が」

ひっ、とエルシィは声をあげた。ルードヴィーグが剣を振り上げたのだ。すかさず刃が宙を舞った。同時にあがったのはたったひとつの金切り声と、降り注ぐ血の雨。

「な、ぁ……、っ……」

雨は、エルシィの体の上にも降り注いだ。エルシィは啞然《あぜん》とそれを受ける。もとより逃げる道などないのだけれど、生温かいしずくを浴びながら、エルシィは何度もまばたきをした。なにか、重いものが転がる音がする。同時に床にくずおれるなにかの音も。

「なに……、な、ん……な、の……？」

予想はつく。身動きできないエルシィにその光景は見えなかったけれど、なにが起こったのか想像することはできる。しかしその事実を確認することが恐ろしくて、懸命に恐怖を脳裏から追いやった。

かつ、かつ、と石の床を踏む音とともに、ルードヴィーグが近づいてくるのがわかる。しかしエルシィは、彼が近づいてくることに安堵《あんど》していいものかどうかわからない。

彼は、エルシィを憎んでいるのだ。アンセルムの言うことはもっともだ。しかし同時に、水車に縛りつけた縄を切ってくれたときの彼、優しく抱きしめてくれた彼を思い出す。

混乱するエルシィの視界に、ルードヴィーグの顔が映った。

「ひ、っ……」

その顔には、血のしたたりが点々と散っている。それがアンセルムの血で、ルードヴィーグの手にしている剣がその首を落としたのだということに思い及ばないわけにはいかなかった。

彼は、血塗れた剣を鞘《さや》に収める。やはり血に汚れた手が伸びてきて、エルシィはひゅっと咽喉を鳴らした。

ルードヴィーグは、アンセルムが嵌めたギロチンの首枷を、そして手枷を外した。背に手を伸ばして抱きあげられ、急に与えられた自由にエルシィはきょとんとする。

「汚れたね」

かちゃん、と響いたのはエルシィの下肢を拘束する貞操帯、そして足の鎖だ。ルードヴィーグはエルシィを抱きあげ、すると鎖が触れ合って、きらきらとまるで音楽のような音色を奏でた。

「浴室に行こう。洗い落とさないと」

「は、はい……」

ルードヴィーグの腕の中、エルシィはちらりとかたわらを見やった。転がっているのはアンセルムの首。かっと大きく目を見開き、自分がなぜこのような目に遭っているのかわからないといった表情をしている。その横には、頭を失った体が横たわっている。

あまりにも恐ろしいさまに、エルシィはさっと目を逸らせた。ギロチンで頭を落とされるのは、エルシィだったはずなのに。目の前ではアンセルムが離ればなれの首と胴体を晒している。これはいったい、どういう星の巡りゆえなのか。

がくがくと震えるエルシィはぎゅっとルードヴィーグにしがみつき、そんなエルシィの体をルードヴィーグは壊れものを扱うように丁寧に抱きあげ、浴室にまで連れていく。

やはり石造りの浴室は、ひんやりとしている。湯船に水は張ってあるけれど、それを沸かすアンセルムはもういないのだ。ルードヴィーグとて湯の沸かしかたなど知らないだろう。

彼は、棚に積んであった白い布を一枚取り、水に浸ける。それで丁寧に、エルシィの顔を拭ってくれた。水は冷たかったけれど、エルシィはおとなしくルードヴィーグにされるがままになった。

血は、ドレスにも散っている。ルードヴィーグの指がドレスのリボンをほどき、脱がせる。彼の前で全裸になるのは初めてではないのに、無性に恥ずかしくなってエルシィはしゃがみ込み、胸と貞操帯のつけられた下半身を隠した。

「そんな格好だと、拭けないよ」

エルシィは、恐る恐る顔をあげた。血のしずくの散っているルードヴィーグの姿は異様な威圧感があって、エルシィはとっさに視線を逸らせてしまった。

「エルシィ?」

「どうして……アンセルムを殺したの?」

震える声で、エルシィは尋ねた。ルードヴィーグはひとつ息を呑み、そしてエルシィのかたわらに膝をつくと、襟もとや腕、まだ血の痕が残っている部分を拭いてくれる。

「きみが知らなくても、いいことだ」

「で、も……!」

目の前であのような惨劇を見せられておいて、知らなくていいもなにもない。エルシィは声をあげた。そんな彼女の、黄金色の瞳をじっと見つめ、ルードヴィーグはその腕を取る。立たせられ、すると貞操帯と足の鎖がかしゃかしゃと音を立てた。

ルードヴィーグは、大きな白い布をエルシィにかぶせる。細い布を腰に巻かれ、そうやって作った簡易なドレスをまとわされたところで、ルードヴィーグも血を拭った。

それでもなお濃い死の匂《にお》いをまといわせながらふたりは浴室を出、エルシィは再びルードヴィーグに抱きあげられて石の扉が開いたままのエルシィの部屋へ戻る。

先ほどここでひとりだったときには、自分が血の匂いをさせて戻ってくることになるとは思わなかった。

「……あ」

ルードヴィーグは、エルシィの体を、寝台に横たえた。柔らかい寝台の感覚を背に受けると同時に、その上にルードヴィーグがのしかかってくる。

布を巻いただけの簡易なドレスは、すぐに引き剝《は》がされてしまった。エルシィが身にまとっているのは貞操帯と足の鎖だけ。ルードヴィーグはそんなエルシィの体をじっと見つめ、恥じらいにエルシィは視線を背けてしまう。

「……こちらは、なにもされていないようだな」

「な、っ……！」

ルードヴィーグのつぶやきに、エルシィは思わず声をあげる。

「なにを、……、わたしが、なにをされたって言うの」

「ああ、怒らないで」

低い声でルードヴィーグはつぶやき、懐《ふところ》を探る。彼がなにをしようとしているのかはわかっている。エルシィは思わず目をつぶり、腹部でかちゃかちゃと音がするのを聞いていた。

　下腹部の拘束が解かれ、エルシィは息をつく。次いで足首も自由になる。この瞬間、エルシィはルードヴィーグの隙《すき》を突いて逃げることも可能だったはずだ。しかし体力の差に速力、それらだけではない理由で、エルシィは視線を合わせてきたルードヴィーグを見つめた。

「セデルマク王国では……、なにが、起こっていたの？」

　ルードヴィーグはなにも言わず、唇を重ねてきた。ちゅっと吸いあげられて、すると背筋を走る感覚がある。貞操帯を外された下半身が緩やかに濡れていく感覚に、乱れた息をつきながらエルシィは問いを重ねる。

「アンセルムが知らなかったというのは、なに……？　なぜ、アンセルムは殺されなければならなかったの？」

「私の愛《いと》おしいエルシィを、ギロチンにかけようとした。……それで、理由は充分じゃないか？」

「でも、それだけではないでしょう？」

　愛おしい。そう言われて、嬉しくないはずがない。水車に縛りつけていた縄を自ら切って、抱きしめてくれたルードヴィーグ。彼がどんな思いでエルシィをこの塔に連れてきたのか、それを知りたかった。

「あなたの知ってることを教えてちょうだい。……セデルマク王国で、は……」

はっ、とエルシィは色めいた声をあげた。ルードヴィーグの指が、拘束を解かれたエルシィの両脚の間に触れたからだ。エルシィの体は彼女以上に快楽に敏感で、奥に潜む芽はすでに尖っている。そこにそっと触れられて、声を押しとどめることはできなかった。

「セデルマク王国は、腐敗していた」

尖った芽を、きゅっとつまみながらルードヴィーグは言った。

「王は下女と通じ、王妃《おうひ》は兄と通じ。臣下は酒で池を造り木の枝に肉を結《ゆ》わえつけ、裸の女どもを従えての遊びに興じ。いくらセデルマク王国が自然に恵まれ豊かな実りのある国だとはいえ、支配者たちがそのようでは、腐りゆくのは時間の問題だ」

つまんだ芽を転がされた。エルシィは声をあげ、そんな彼女の声をもっと引き出そうとでいうように、ルードヴィーグは巧みに指を使い続ける。

「だから、私は進言したんだ。きみの、父上にね」

「な、……、っ、……、あ、ああっ！」

ほかの指は、花びらの中に埋め込まれる。ぐちゅ、ぐちゅ、と音を立てながらかき乱され、エルシィは嬌声ともに身悶えた。

「長年友好を保っていた国だ。きみの父上は、侵略をすぐに肯定はなさらなかった。

しかしあの水争いをきっかけに戦火があがり、父は……セデルマク王はとらえられ、母……王妃も、叔父《おじ》も叔母《おば》も、いとこたちも、私も」

「あ、なたが……進言したのに、あなたもとらえられたの……?」

だから、ルードヴィーグはエルシィを、アーレーシャン王国を憎んでいたのか。褒賞を受けてもおかしくない身でありながら、ともにギロチンにかけられる運命を背負わされたから。だからアーレーシャン王国を、エルシィを憎んだのか。

しかし、ルードヴィーグは首を横に振った。

「セデルマク王家は暖衣飽食に溺れていたけれど、民たちは……。そんなセデルマク王国に嫁《とつ》いでも、きみを苦しめるばかりだ。このままでは、きみを娶《めと》ることはできないと」

すっと、ルードヴィーグは息を吸った。手はエルシィをもてあそびながらも、頭は冷静であるようだ。

「きみの父上に進言する一方で、私は私の父をも説得していた。腐っていく王室を立て直してほしいとの私の思いだったのだけれど、きみの父上には、私が両国を天秤《てんびん》にかけている……都合のいいほうにつこうと考えていると、取られたらしい」

「そ、んな……」

ルードヴィーグは国の、そして両国の和平を願っていたのに。それが、悪いように取られてしまうなんて。

「だか、ら……、っ、あ……なたも、お父さまにとらえられた……？」

「当然だろう。セデルマク王国が腐敗しているということは、私だってそのうちの一因だ。私だけを生かしておくという法はない」

「あなたには……その覚悟が、あったの？」

両親とともにギロチンにかけられる覚悟があったのなら、なぜ逃げたのだろう。しかもエルシィを攫って、このようなところに閉じ込めて。

ふっ、とルードヴィーグは小さく笑った。彼は腫れてより敏感になった芽を擦りあげ、声をあげたエルシィの唇を塞《ふさ》ぐ。そのまま唇をすべらせて、乳房にくちづけて尖りを吸い、ますます嬌声を誘い出す。

彼の愛撫はエルシィの体をなぞり、肌を吸う音を立てながら貞操帯が拘束していた下半身に至る。肌が擦れた痕にくちづけられて、エルシィは身を跳ねさせた。

「そうだね、アーレーシャン王国の姫を、こうやって……」

「や、ぁ……、あ、ああっ！」

彼は、指で触れていた秘芽を口に含む。きゅっと吸いあげられて、エルシィの背が強く仰《の》け反《ぞ》る。

「愛して……いたぶりたいと、願っていたからかな……腐っていたのは、私も一緒だ。

私をこれほど愛させ……狂わせた姫を、憎んでいた」

「っあ、あ……ああ、あ！」

「きみを連れて逃げるなんて、叶《かな》う夢だとは思わなかったよ。必ず途中でつかまり、きみは助けられ……私は、ギロチンにかけられるものだと思っていた」

「いぁ、……、ルードヴィーグ、っ、……、っ……！」

彼は巧みに秘所をいたぶり、エルシィからまともな思考を奪ってしまう。彼がなんと言っているのか、今のエルシィにはちゃんと理解することができない。

「しかし図らずも、私の企みは成功してしまった。きみをこの嘆きの塔に連れてきて、拘束具で縛って、嬲《なぶ》り……そんなきみの姿を見ているだけで、私は芯から腐ってしまったようだ」

「ああ、あ……、っ、……、っ……！」

ルードヴィーグがエルシィの淫らな花びらをくわえ、吸う。どく、どくと溢れる蜜と同時に体中に痙攣が走り、エルシィはわななく声とともに達してしまう。

「……こういうきみを見ているだけで、興奮する」

彼は、体を起こした。羽織っているフラックを脱ぎ、自分の腰に手をやるのをエルシィはぼんやりと見ていた。

軽い金属音がして、そしてエルシィの両腿が持ちあげられる。大きく開いた脚の間に、ルードヴィーグが体を入れてきた。ひたり、とふたりの秘所が淫らなくちづけをする。それだけで達したばかりのエルシィは感じてしまい、咽喉を反らせて甲高い声をあげてしまった。

「抵抗する術もなく……ただ、私に嬲られるだけの人形のようなきみ。……いや」

「あ……、ああ、あ……っ……」

ずくり、と先端が挿ってくる。すでにしずくをこぼし始めた花びらをかきわけ、襞を擦って進んでくる。その快感に声をあげるエルシィの肩を押さえ、見せる嬌態を味わおうとでもいうように、ルードヴィーグは視線を注いでくる。

「人形、なんて。とんでもない。これほど淫らな声をあげて……乱れるかわいらしい人形など、この世にあるわけがない」

彼は、ゆっくりと挿ってきた。蜜口は、早く彼をすべて呑み込みたいとうごめいている。先端が花びらを擦りながら焦らすように挿入され、その粘ついた先端を呑み込んだ挿り口は、中へと招くように蠕動《ぜんどう》している。

「エルシィ……、私の、愛しい……私だけの、きみ」

「いぁ……ああ、あ……、っ……」

その言葉に、満たされた。今まで何度も何度もルードヴィーグに抱かれてきたけれど、なんの拘束もない、縄もベルトもない状態で抱き合うのは初めてかもしれない。

しかしフラックを脱いでいるとはいえ、ルードヴィーグはまだきっちりと襟もとを留めたままだ。エルシィは、手を伸ばした。

「こ、れ……、っ、……、っ、！」

彼のシャツの襟に手をかけ、軽く引っ張ったつもりが力が入ってしまっていたらしく、ばちんと音がして留め金が取れた。それはエルシィの顔にぶつかって、ぴんと弾けて飛んでいく。

「積極的だね、エルシィ」

「だ、って……、あなたの、すべ、てを……」

掠れる声を懸命に整えようとしながら、エルシィはささやいた。

「受け入れたいの……、あなたを、すべて……知りたい、の」

「かわいらしいことを、言ってくれる」

愉しげにそう言って、彼はエルシィの頬にくちづけた。同時にやはりくちづけを交わしている淫らな下半身を突きあげて、嵩張った先端を呑み込ませてくる。

「あ、あ……っ、……、ん、……」

「中も、こんなに期待して……いつも以上に、絡みついてくるね」

体の奥が熱い。彼を欲して、体内が熱をあげているのを感じる。小刻みな律動とともに挿ってくる彼はその熱を堪能しているかのようで、決して急がない。質量を求めて声をあげるエルシィをもどかしく苦しめようとでもいうように、少しずつ襞を拡げていく。

「感じてる？　私を、感じられる？」

「あ……、ぁ……、ルード、……ヴィー……グ、っ……」

嬌声に邪魔されて、はっきりと綴ることのできない声でエルシィは彼を求めた。じゅく、じゅくと音を立てながら蜜口が拡げられ、襞の奥の秘密が擦られる。彼を受け止めて意識が混濁し、なにもわからなくなる前に。エルシィは声をあげた。

「脱いで……お願い」

エルシィのつぶやきに、ルードヴィーグは動きを止めた。エルシィは、ひくりと咽喉を鳴らす。それでも求める心は奔流のように流れ出て、震える声でエルシィは言った。

「あなた、の……、肌、が……見たい」

先端を突き込んだところで、ルードヴィーグは動きを止める。ひくっ、とエルシィは咽喉を鳴らした。中途半端に与えられた快感は、苦しいばかりだ。それでもひとつ留め金が飛んだだけであとは下衣を緩めただけのルードヴィーグは、貞操帯さえもまとわないエルシィと比べて裏腹だ。かっ、とエルシィの全身に羞恥が走る。

「きみも……よくよく、悪趣味だね」

彼は、しばらく逡巡《しゅんじゅん》した。ややあって、体は繋がったままかかっている留め金に指をかける。わざとなのかそうでないのか、くちゅ、くちゅと微かに下肢をうごめかせながら、エルシィに声をあげさせながら、はだけた彼のシャツの下は。

「ルードヴィーグ……」

エルシィは、快楽のことを忘れた。目を見開き、彼に視線を向ける。手燭だけのほの明るい中でも、その肢体の様子ははっきりと見えた。

「こういう体を見たいと、思うかい？　エルシィ」

自虐的な笑みとともに、ルードヴィーグは言った。

「我が国の腐敗を嘆き、きみの父上に訴えたのは、私だ。私の父はそのことを知り、裏切り者として私を拷問にかけた。鞭打《むちう》ち、火炙《ひあぶ》り、石抱き、首締め……そう……痛かったよ。苦しかった。とても、ね」

ルードヴィーグの張りつめた肌は、無数の鞭や縄、火傷の痕でいっぱいだった。どの傷も赤く腫れあがり、肉が抉れて血が滲《にじ》んでいる。この塔に来てからは拷問を受けていないはずなのに、いまだに血が滲むほどに深い傷だったのだ。

「だから、憎んだ……そうとも言えるかもしれない。正義を持って進言した私は実の父に残虐な仕打ちを受け、両国の狭間で苦しみ……」

その言葉に、彼がただ鞭打たれたばかりではないということが伝わってきた。ルードヴィーグが数ある拘束具の取り扱いに詳しいのも、ただ領地にこういう塔があるというだけではない。彼自身、さまざまな拷問具で苦しめられてきたからなのだろう。

「……アーレーシャン王国の姫は、なにも知らずにただぬくぬくと国の庇護《ひごか》下にある。私の、婚約者なのに。なのに、なにも知らない。そのことを、憎んでいた……それは、確かにそのとおりかもしれない」

「……ルード。ヴィー、……グ……」

名をつぶやくと、彼はふっと笑う。そしていきなり腰を、ぐっと突きあげてきた
「ひぁ、あ……、あ、ああ、あ……！」

ずくり、と深くまでを抉られる。彼自身は絡みつく襞を振りきって、エルシィの体の奥を目指す。突然深くを抉られて、襞がうごめく。蜜を流す。ふたりの繋がった部分はぐちゃぐちゃと音を立て、擦れ合う皮膚《ひふ》の間からは、淫液が滲み出してくる。

「い……、ぁ、あ……、っ、あ、ん、んっ！」

「ふ、っ……、っ、……」

ルードヴィーグ自身も、高まるのがいつもよりも早いようだ。その質量は体の奥でぐんと成長し、エルシィに悲鳴をあげさせる。彼の手は腰にまわり、引き寄せては抜き、また突き立てて。大きくしなるエルシィの腰に手をまわして抱きしめると、腕に力を込めた。

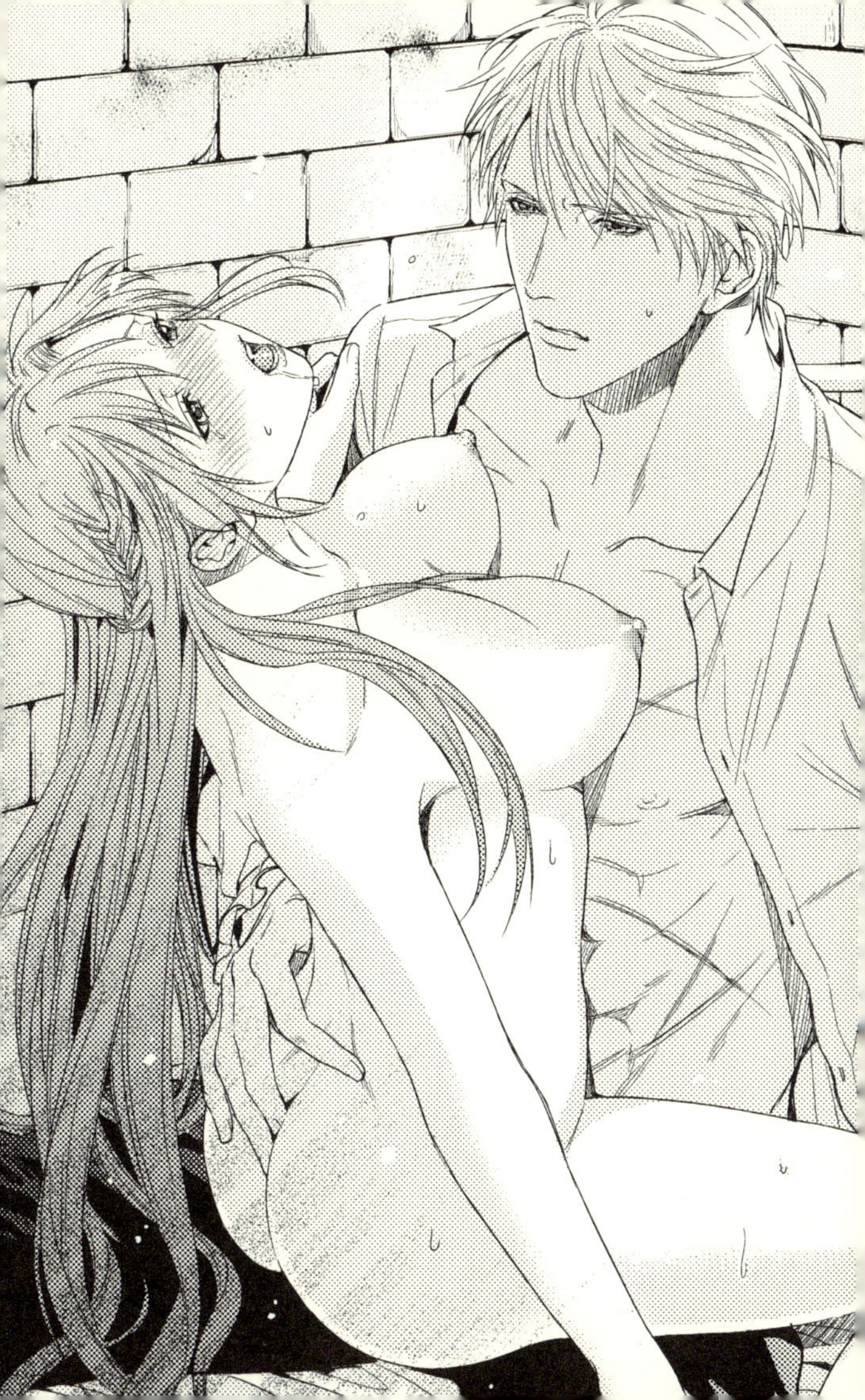

「っ、ぅ……、ん、っ……っ……!?」

さらり、とエルシィの炎の色の髪が肩をすべる。気づけばエルシィはルードヴィーグの腿の上に抱きあげられていた。

「や、ぁ……、っ、……、……!」

「こっちのほうが、より深く感じられるだろう？」

目の前にあるルードヴィーグの、濡れた唇がそう言った。

「ほら……、奥まで呑み込んでいく。きみの、一番深いところに当たるよ」

「いぁ、あ……ああ、あ……、っ……」

ずく、ずく、と彼をくわえ込んでいく。襞が擦られ、内壁が拡げられ。最奥のもっとも感じる部分に触れた瞬間、エルシィは体を引き攣らせて裏返った声をあげていた。

「これだけで、もう達ったのかい……？」

「ひ、ぁ……、あ、ああ……、っ、……、っ」

これ以上深いところはないと思ったのに、さらにその奥、ルードヴィーグ自身も触れたことがないような場所を擦りあげられ、エルシィは立て続けに嬌声を洩らす。淫らな声でうたうように快感を訴えながら、その脳裏で疼いていたのは自分自身、そのようなことを思うとは考えたこともないことだった。

（だめ……、これ、だけじゃ……）

ああ、と喘ぎ声とともに、エルシィは考える。

(だめなの……、もっと、ひどくして……わたしを、縛って。拘束して。身動きできないようにして、そして攻めて……めちゃくちゃにして)

それは、快感の声に邪魔されてちゃんとした形にはなっていなかったはずだ。それでもエルシィを抱きあげ、唇を合わせてきたルードヴィーグは、なにもかもを読み取っているかのようで——。

(わたしも、一緒に連れていって……!)

「エルシィ」

そうささやいてきた声に、やはり彼も同じことを望んでいると感じたのは、気のせいだっただろうか。エルシィを縄で、ベルトで、枷で征服したいたぶる欲望が滲んでいるように感じたのは、エルシィの意識が快楽に霞《かすみ》がかっていたせいだっただろうか。

六階　ヴァイオリン

エルシィが選んだのは、みっつの穴の開いている両手で抱えられる軽い木の道具だった。

ヴァイオリンのような形をしていて、ぱかりとふたつにわかれる。一番大きな穴にはエルシィの首が、その前の穴には右手首が、みっつめの穴には左手首が。

枷は、エルシィが両手に棒でも持っているような格好を取らせる。床にひざまずいたエルシィが目だけで見あげると、目の前に立っているルードヴィーグが、下衣の留め金を緩めた。

エルシィは、ごくりと息を呑む。夜更《よふ》けの寝室、まわりには燭台がいくつも置いてあって、ふたりの姿をほの明るく見せていた。

その灯りはルードヴィーグの欲望をも照らしていて、それがぬめぬめと欲液にまみれているのがわかる。それを目に、エルシィはごくりと固唾を呑んだ。

「早く……」

エルシィが呻くようにそう言うと、ルードヴィーグは目をすがめた。すでに勃ちあがっている彼自身が、枷に嵌められ動けないエルシィの手に握らされる。

子供用のヴァイオリンのように小さなそれでは、すべてを手に収めようとすると先端を口にくわえるしかない。エルシィは口を開き、しずくをこぼす彼自身を唇で挟んだ。

「……ん、く……、っ……」

どろりとした蜜液が、口の中に広がる。その味を感じただけで、エルシィの下半身はじゅくんと濡れた。それをもどかしく思いながらも、エルシィには自由がない。口腔に押し込まれる男根をくわえ、舌を這わせて舐めあげるしかないのだ。

「あ、……、っ、……」

そう思うと、下半身はますます濡れた。内腿を蜜が伝っていくのを感じながら、エルシィは懸命に舌を使った。張り出した部分を舐め、唇をすぼめて強く吸うと、エルシィの頭を大きな手が撫でた。

まるで褒められているように感じ、ますます力を込めて吸いあげる。舐め、舌先を鈴口に押しつけては中を抉るようにすると、エルシィの髪がぎゅっと引っ張られる。

「ん、……、っ……！」

「感じてるくせに」

エルシィが眉間《みけん》に皺《しわ》を寄せると、ルードヴィーグは責めるように言った。

「こうされて、感じるんだろう？　犬みたいに男のものをくわえて……そんな、美味《おい》しそうな顔をして」

「や、ん……、っ、……、っ……」

「髪を引っ張られても、感じるの？　どうしようもないね。……ほら。もっと、舌を使って」

「んっ、……、っ、……、……」

なにかを言いたくても、口の中には彼自身が突き込まれている。しかし拘束されているのは上半身だけだから、立とうと思えば立てる。走って逃げようと思えば逃げられる。

しかしエルシィは、そうしようとは思わなかった。

「ふ、ぁ……ん、……、っ、っ……ん、」

ただ一心に、口腔のものを舐める。舌を這わせる。両手で包んだ幹に指をかけて擦り、浮き上がった血管をなぞる。そうするとくわえさせられている欲望がどくりと脈打ち、ひときわ大きくなったように感じられた。

「……あ、……ん、っ……、っ……」

口の中に、彼のしたたりが溢れる。しかし口いっぱいに呑み込まされていることから嚥下するのは難しく、口の端からはぽたぽたと何滴もしずくがこぼれた。

「お行儀が悪ぃね、エルシィ」

叱咤《しった》するような声。髪を摑まれまた引かれて、痛いはずなのに下半身がますます濡れてくるのはなぜなのか。唇からも、下肢の陰唇《いんしん》からもしたたりを流しながら、拘束された不自由な体勢でルードヴィーグをしゃぶり続けるエルシィは、突き込まれる怒張が大きくなるごとに、溢れる淫液が多くなるほどに、自分が恍惚《こうこつ》に包まれていくのを感じる。

「こんなに、こぼして。ちゃんと呑み込むこともできないのか？」

「だ……、ぁ……、っ、て……、っ……」

んんっ、と咽喉を鳴らすと、そこに淫液が流れ込んできた。思わず咳き込んで、しかし欲望をくわえ込んでいることから噎せてしまう。唾液が溢れ出て、流すしずくの量が多くなる。

「口のまわりも、そんなにべたべたにして……もっとお行儀よくできないのかな」

もうひとつの手は、エルシィの顎にかかる。軽く上を向かされて、拍子に彼自身に歯を立ててしまう。薄明かりの中に見えるルードヴィーグの表情が、歪《ゆが》んだ。

「歯を立てちゃいけないって、言っただろう？」

「つえ、……ん、な……、さ……」

歯の当たったところを、癒《い》やすように何度も舐める。するとまた、蜜液が流れ込んできた。懸命に呑み下すと、咽喉を通っていく粘ついた感覚がなんともいえずに心地いい。エルシィは何度も咽喉を鳴らし、すると図らずも嚥下の動きが彼に刺激を与えたらしく、ルードヴィーグが低く呻いた。

「っ……、ん……」

「……っ、ん、……ん、ん、……！」

彼に髪を引っ張られ、するとまた感じる神経が鋭くなる。唇をうごめかせてくわえるものに刺激を与え、舌先を尖らせて鈴口を抉って。幹に絡ませる指をピアノを弾くように動かすと、怒張はまた大きくなったような気がした。

「れ、……、じょ、……っ……」

エルシィの下肢は濡れて、少し動かすだけでちゅくりと音が聞こえるほどだ。腿を伝って、寝台の上にもきっと粗相をしたような染みができているだろう。そう思うと体の奥からの羞恥心が湧きあがって、たまらなくなる。しかし今のエルシィにはそれを訴える術がないのだ。ただ自由を奪われて、男に奉仕するしかないのだ。

「も、……、っ……、っ……」

「なんだい、エルシィ」

涼しい声で、ルードヴィーグは言う。視線だけをあげて彼を見ると、その蒼い瞳に宿る炎も、微かに寄せた眉根も、濡れた唇も、彼の欲情のほどを示しているのに。それなのにまるで、エルシィにさせていることはなんでもないことであるかのように、口調だけは冷静な彼のままなのだ。

「や、ぁ……、っ……、……」

口に男をくわえ込んで、それを舐めあげ啜り、掠れた声を洩らすだけ。苦しくて耐えがたい、この責め苦はいつまで続くのだろう。それを思うとエルシィは脳裏が真っ白に、どうしようもない情動に白く染まっていくのを感じる。

「もう、挿れてほしい?」

「ルー……、……、っ……!」

じゅくん、と下腹部の奥が疼く。蜜がたらたらと流れる。エルシィは、いったいどのような表情をしたのだろう。ルードヴィーグはぞくりとするような艶めかしい笑顔を見せて、エルシィの顎を摑む手に力を込めた。

「ただ、このかわいい唇も愛おしくてね」

「……く、ん、……ん、ん、んっ!」

「きみの上の口で、達きたいんだよ。きみの口の中は温かくて、舌もまとわりついてきて……さっきから、たまらないんだ」

「っ、……ん、っ、……、く……、っ……」

ルードヴィーグは、自身をエルシィの口から引き抜く。はっ、と呼吸が自由になったのも束《つか》の間《ま》、再び突き込まれ、それが咽喉奥にまで達する。思わずえずいてしまい、するとルードヴィーグの手が頭を撫でてきた。

「……達くよ」

「ふぁ……、あ、あ……、っ……」

彼の手は、絶頂を堪《こら》えるようにエルシィの髪を摑む。ぎゅっと引っ張られる痛み、逃げることのできない拘束が心地いい。どくり、と口腔で熱が弾ける。それは粘ついていて量も多く、エルシィは半ば意識を霞がからせながら、懸命に欲液を嚥下した。

「く……は、ぁ……、っ、……ん、……っ」

じゅくん、と音を立てて淫芯が抜け出ていく。エルシィの指をすり抜けて、今までエルシィを圧迫していたものが、奪われた。

「や、ぁ……、ルー、ド、ヴィー……」

「ご不満かい？」

愉しむような口調で、ルードヴィーグは言った。

「私は、愉快だけどね。きみが、そんな器具を嵌められて……口も手もべたべたにして、そんなふうに、もの欲しそうな顔をして私を見てるんだからね」

「そ、んなこと……、言わな、い……で、っ……」

羞恥に、エルシィは全身を熱くする。今やエルシィを拘束しているのは首と手だけ。やはり下半身は自由で彼女を留めるものはなにもないのに、エルシィの求めているのは自分の思いのままにすることではなかった。されること。目の前に、一度放ったにも関わらず隆起しているルードヴィーグの男に、翻弄されることだ。

「お、願い……、っ……」

「なにを?」

意地の悪い口調で、ルードヴィーグは言った。

「なにを、お願いするんだい? ちゃんと言ってくれないと、わからないよ?」

「……、れて……」

か細い声で、エルシィはささやいた。それは小さな声だったけれど、ここにはふたりしかいない。あとは微かな、燭台の炎が燃える音ばかりだ。ルードヴィーグの耳にエルシィの言葉が届かなかったはずがないのに、彼はとぼけたように首を傾《かし》げる。

「なに? エルシィ」

ひゅっ、とエルシィは息を呑んだ。目をあげてルードヴィーグを見つめ、その試すようなまなざしに訴えかける。しかしルードヴィーグは、エルシィの望みどおりにしてくれるつもりはないようだ。

思わず両脚を擦り合わせると、くちゅりと音がする。蜜がしたたっていく感覚がある。それを意識すると、疼きはますます強くなった。

「お願い、ルードヴィーグ……」

「だから、なに。ちゃんと言って、エルシィ」

いっそ、自分で触れてしまいたい。しかし拘束具のせいで、それは叶わない。エルシィにできることは両脚を擦り合わせてどうにか疼きを押さえること。口に出して、ルードヴィーグに訴えること。そして。

「……、っ、……」

エルシィは、ぎゅっと目をつぶった。うつむいて、そして揃《そろ》えてひざまずいている脚を、ゆるゆると開く。震える脚ではうまく均衡を取ることができなくて、後ろに倒れてしまった。寝台の上でエルシィは仰向けに脚を開く格好になってしまい、そこに響いたのはルードヴィーグの笑い声だった。

「素敵な格好だよ、エルシィ」

先ほど以上の羞恥が、全身を走る。しかし両手が動かせないのでうまく体に力を入れることができず、自分では起きあがれないのだ。

「見せてあげたいよ、その格好……ほら、きみの秘密の場所が開いてる。きれいな薔《ば》薇《ら》色《いろ》を見せて……そうやって、私を誘ってるつもり?」

「ル……、ルード、ヴィーグ……、っ……」

いっそ消えてなくなりたい羞恥の中、腕をぐいと引っ張られた。かちゃかちゃと音がする。と、首を手首を拘束していたものが半分に割れ、かたんと音を立てて床に落ちた。

「こんなふうに誘われちゃ、応じないわけにはいかない」

顔を近づけてきたルードヴィーグが、言った。

「下の口でも、きみを味わわせてくれるんだろう？　ほら……こんなに濡れて」

「やぁ、あ……、ああ、あ……、ああっ」

すっかり濡れてしたたっている部分を、指先で擦られた。それだけでそこは歓喜に震え、エルシィは満たされた息を吐く。

「これくらいで、満足されちゃ困る」

彼の唇が、近づいてくる。先ほどまで彼自身をくわえ込んでいた唇に、重ねるだけのくちづけをされた。その感覚は全身に沁み込んで、そのまま意識を失ってしまいそうな愉悦の中、はっとするほどの灼熱が下肢に触れる。

「エルシィ、よく見ておいで」

「……あ、……、っ……」

「きみを犯す男が、どんな顔をしているのか。よく見ておくんだ。きみを、征服した男……きみを変えた男が、どんな顔をしているのか」

「ルードヴィーグ……？」

どこからか、ぱちぱちと音が聞こえる。しかしエルシィがそれに気づいたのは、一瞬だった。すぐに熱いものが秘所を破る。しとどに濡れた花びらをわけて、ずくりと挿ってくる感覚に、すべての意識が上書きされてしまう。

「ふぁ、あ……、っ、……、っ……」

じゅく、じゅくと音を立てながら、エルシィが口で育てた熱が挿り込んでくる。受け挿れたいと望み、敏感になった箇所には激しすぎるほどの刺激で、エルシィは一瞬、意識が飛ぶのを感じた。

「……っ、あ……、あ……、っ……」

柔肉が裂かれていく。それは擦りあげられるのを悦んで彼自身に絡み、もっととねだるように蠕動している。蜜が溢れて彼の侵入を容易にし、接合はますます深くなる。

「エルシィ……」

呻くようにルードヴィーグは名を呼んで、そして胸に顔を埋《うず》めてくる。左手が体をなぞって乳房を掴み、エルシィは裏返った嬌声をあげた。

ルードヴィーグの唇は、エルシィの乳房の形を辿るようにくちづけてくる。キスの痕を舐める。ざらりとした舌の表面の感覚に、背筋を怖気のような感覚が走った。

それにわななくエルシィの反応は彼にも伝わったらしく、膣内《なか》の欲芯がどくりと鼓動した。そのように、感じた。エルシィは背を反らせて喘ぎ、そんな彼女をルードヴィーグの強い腕が抱きしめる。

胸の先の尖りを口に含まれ、ちゅくと吸われてはそこからまた快感が走り、エルシィは声をも失った。そんな彼女を逃がさないとでもいうようにルードヴィーグは強く抱きしめてきて、彼を受け止める部分が痙攣する。あまりにも深い繋がりに、もう快感以外の感触もおぼつかない。

「ああ……、あ、……、っ、……、っ……！」

最奥を突かれ、エルシィは悲鳴をあげる。それはじゅくりと引き抜かれ、しかしすぐにまた突きあげてくる。

「いぁ、あ……、ああ、あ、あっ！」

体は痛いほどに抱きしめられ、そして唇が重ねられる。エルシィは反射的に舌を出し、それは下肢とは逆に、ルードヴィーグの口腔に挿っていく。口内でからめとられた舌は互いに絡み合い、口の端からは蜜がしたたる。繋がった下肢からも、ルードヴィーグが腰を引くと溢れる蜜が彼の動きを容易にした。

「ふ……、く、……、っ、……、ん、……ん、ん……」

突きあげられ、かきまわされ、揉みあげられてはつままれる。体中の感じるところでルードヴィーグの愛撫を受けない場所はなく、エルシィにはもう、どこをどうされてこれほどに感じるのか、理解する余裕はない。

「くぁ……、ん、……、っ、……」

深いくちづけに呼吸さえもうまくできなくて、また目の前が白くなる。ルードヴィーグは執拗なほどに舌を絡め唾液を啜り、だから本当に息ができなくて、感覚がだんだんと鋭く尖っていくのだ。ルードヴィーグの与える快楽、ルードヴィーグの体の重み、ルードヴィーグの唾液の甘さ。下肢を突いてくる怒張の力強さ、擦りあげてくる巧みな動きと、なによりもその熱さ。

「ああ、あ……、っ、ぁ……ぁ……！」

もう、彼の与えるすべてしか感じ取ることができない。エルシィの世界にはルードヴィーグしかいなくて、求めるのもルードヴィーグだけ――ほかには、なにもいらない。

「ひぁ、ああ……、あ……、ぅ……、っ……！」

どくり、と体内で大きく脈打つものがあった。同時に敏感な内壁に沁み込んでいく、熱すぎる粘液。エルシィは大きく身を震わせる。彼が達したのだと思ったのに、欲芯は萎えることがない。それどころかますます大きくなって、エルシィをさらに甘苦しい境地に連れていく。

――ぱちぱちと、音がする。異臭。それをエルシィが感じたのは、一瞬だった。エルシィの意識はすぐに抱きしめてくる強い腕に攫われて、再びの抽挿に翻弄される。

「ルー……、っ、……ヴィ……、っ……」

ずん、と深いところを突かれて、目の前に火花が散った。痙攣は全身を這って、つま先までが痛いほどに反る。達ってしまったのかもしれない。しかしその余韻さえもが奪われて、エルシィはただ掠れた声をあげ続けた。

「エルシィ、……エルシィ」

唇を合わせたまま、ルードヴィーグがささやく。それにも感じて、エルシィはぶるりと身を震わせる。また——、また。

続けざまの絶頂に、エルシィは声をあげる。それすら奪い取ろうとするルードヴィーグの攻めに取り込まれて、指先に触れられてさえ感じてしまうこれ以上はない快感の極みを味わった。

——ぱちぱちと、音が。異臭が。エルシィは声にならない声でルードヴィーグを呼び、そして幼いころから願い続けてきた、たったひとつの望みを口にした。

□

アーレーシャン王国の記録には、あるひとつの悲嘆が刻まれている。

かつて、エルシィという名の王女がいた。しかし婚約者でもあった隣国セデルマク王国の王子、ルードヴィーグに攫われて、彼《か》の地にある『嘆きの塔』という恐ろしい名の塔に監禁された。

エルシィ王女がその塔に囚われていると知ったアーレーシャン国王は、すぐさま兵たちを向かわせた。しかしどういう巡り合わせであったのか、とき同じくして嘆きの塔は業火《ごうか》に包まれ、焼け落ちた。

塔は石造りの部分を除いて白い灰になるまで焼け、エルシィ王女は遺体さえをも残すことはなかった。探索の手はセデルマク王国の全土に及んだが、エルシィ王女もルードヴィーグ王子も、足跡を残してはいなかった。

セデルマク王国はアーレーシャン王国に吸収され、かつてセデルマク王国と呼ばれていた土地はアーレーシャン王国と呼ばれるようになり、細かい灰となってしまったエルシィ王女同様、この世から姿を消した。

塔の外　ユダの揺りかご

女の嬌声が聞こえる。

すでに耳慣れているとはいえ、このような商売をすることですっかり萎えてしまったと思っていた男の欲望が、妙に疼くのを彼は感じていた。

「ユダの揺りかごといいましてね」

それを押さえつけて、彼は言った。

「天井《てんじょう》に滑車をつけて、こいつを縄に通して、女の首枷にします」

彼は、革でできた首輪をつまみあげた。

「こいつは、胴体につける輪でさぁ。これもやっぱり天井の滑車に吊して、長さを調節する。そしてこっちが……」

彼はもったいぶって、布をかけてあった腰ほどの高さの台座を見せる。木製の脚のついたピラミッド状の土台で、頂点は細長く、男根の形を模してあった。

「ここを、女のあそこに突っ込んで……悦ばせるんでさぁ。滑車からの縄の長さを変えることで、深くなったり浅くなったりする。どうするかは、旦那《だんな》のお好み次第ですがね」

ひひひ、と彼は笑って見せた。しかし目の前にいる金色の髪に蒼い瞳の男は、にこりともしない。まるで学問書でも読んでいるかのような顔をして、うなずいた。気味の悪い男だ。

「取っておけ」

男はかたわらのテーブルの上に置いてあった革袋を取ると、彼に投げつける。彼はしっかりとそれを受け取った。重い。金貨が十枚は入っているだろう。

「そいじゃ、またご用があれば呼んでくだせぇ」

「さっさと行け」

男には、愛想《あいそ》のかけらもない。気前がいいのは美点だけれど、これはいただけないと彼はいつも思っていた。もっとも彼が欲しいのは金貨であって、男の愛想笑いではない。だからそれ以上はなにも言わずに、その邸《やしき》をあとにした。

□

エルシィは、そっと顔をあげた。寝台に横たわるエルシィを見つめてくるのは、ルードヴィーグの蒼い瞳だ。エルシィは気怠《けだる》くなにもまとわない体を起こし、髪をかきあげながら手を伸ばした。

「あなたが、相手をしてくれないから」

「悪かったな。客だったんだ」

「わたしよりも、大切なお客さま……？」

ルードヴィーグはエルシィの手を取り、そのまま抱きあげた。すると、寝台の上から転がり落ちたものがある。水晶でできた、男根を模した遊びものだ。全体が濡れて、粘ついている。

「少しの間も、我慢できないのか？　このようなもの……」

「だって、耐えられなかったの。……目が覚めたら、あなたがいないから」

エルシィはルードヴィーグの首にしがみつく。肩口にちゅく、とくちづけをされて、エルシィは声をあげて仰け反った。

「きみが、悦ぶものがあるよ。こっちだ」

「なぁに……？」

ルードヴィーグは、エルシィの体の重みなどないかのように歩いていく。隣室には、木製の台座が置いてある。その先端が、先ほどまでエルシィを慰めてくれていた水晶のものと同じような形をしていることに、自分の目が欲に濡れたことを感じた。

「これ……、どうするの？」

「まずは、こっちだ」

促されるままエルシィは、おとなしく床に降り立った。ルードヴィーグが手にしているのは、革製の首輪だ。エルシィは目を閉じ、それが自分の首を拘束し、締めつけてくるのを感じていた。

胴にも、同じように革のベルトがまわされる。首輪にも胴のベルトにも穴が開いているのをエルシィはちゃんと見ていた。今度はルードヴィーグが縄を手にし、その穴に通すのを。再び抱きかかえられ、エルシィはそっと息を呑んだ。

「自分でしていたのなら、慣らさなくても大丈夫だな」

「……早く」

体を揺すって、エルシィはねだった。ルードヴィーグは困ったように笑って、そしてエルシィの膝に手をかける。両脚を大きく拡げられて、つい熱い吐息が洩れてしまう。

「エルシィ、見ていろ」

脚を拡げさせたエルシィにそう命じて、ルードヴィーグはゆっくりとエルシィの体を下ろしていく。エルシィは、視線を下に向けていた。ピラミッドの頂点——男根を模した部分が、まだ濡れているエルシィの秘所に触れる。じゅく、という音とともに、それがエルシィの膣内《なか》に挿ってくる――。

「あ、あ……、っ……、……」

満たされる快感に、エルシィは声をあげた。いつも受け挿れるルードヴィーグの欲望のように熱くもなければ太くもなかったけれど、この姿をルードヴィーグが見ているのだと思うとたまらなかった。身を捩らせると挿ってくるものはますます深く、エルシィの内壁を抉ってくる。

「……う、く……、っ、ん……！」

半分ほどが挿ったところで、かたかたと音が聞こえた。首が、ぐんと後ろに仰け反らされる。同時に腰にも圧迫感があって、天井にあるという滑車をすべっていた縄が、留められたに違いない。しかし挿っているものはエルシィを満たしてくれてはいない。

「い、や……、もっと、深く……」

「急《せ》くんじゃないよ」

そんなエルシィに呆れたような、怒ったような口調でルードヴィーグが言う。エルシィは口を閉じた。それ以上なにかを言えば、この新しい玩具《がんぐ》を取りあげられてしまうだろう。今までにない快楽を与えてくれそうなこの拘束具を試してみないわけにはいかない。

「……あ、……」

エルシィの手首が、後ろでまとめられた。手首も革のベルトで縛られたのがわかる。首が、ますます後ろに仰け反った。じゃらりという音と、重みがある。手首の革ベルトと首輪が鎖でつながれたに違いない。

「あ、……ぅ、……ん、……、……、っ……」

天井から吊された滑車が、再び動いた。首を吊られる。胴を、手首を吊られる。無理やりに引きあげられる苦しさに、エルシィは呻いた。

「う……、く、……、っ……」

「苦しいか？」

ルードヴィーグが、目をすがめて尋ねてくる。エルシィはうなずいた。もっとも首が上に吊られていて、ちゃんとうなずいたように見えたかどうかは怪しいところだったけれど。

「苦しくて……、気持ちいいんだね」

「や、ぁ……、っ……、……」

いまだに、そのように言われることには羞恥がある。縄で縛られて、ベルトで吊られて、そのように扱われることでしか得られない快楽があると教え込まれた今でも、やはり言葉にされるのは恥ずかしいのだ。

「きみの口は嘘つきでも、こっちは……ほら」

「あぁ、……っ、あ、ああ、っ！」

ルードヴィーグの指が触れたのは、硬く尖った乳首だ。羞恥が強ければ強いほど下肢から溢れる蜜は多くなるし、乳首はこのように硬くなる。

触れてほしいとねだる体を、ルードヴィーグは知り尽くしていて、それでいてわざとそのように緩慢に指を這わせてくるのだ。乳首の先端を擦られただけでエルシィは大きく震え、偽男根をくわえ込んだ秘所は濡れていくのに。

「こんなに尖らせて。本当に……淫乱だ」

「や……、っ、……、……」

息が苦しい。しかし縄を緩めるようにと願おうとは思わなかった。苦しいのが、心地いい。はっ、はっ、と咽喉の渇いた犬のように呼吸して、それを見つめるルードヴィーグの視線が快楽だ。エルシィの求めていることを見抜いたように、ルードヴィーグが顔を寄せてくる。くちづけてくる。

「……ん、く……、っ、……、……」

ただでさえ呼吸が苦しいところに、唇を塞がれるとますます苦しい。しかし重なってくる唇の感覚はあまりにも心地よくて、エルシィはうっとりと酔《よ》った。酒を飲む機会は少ないけれど、本格的に酔うとこのような心持ちになる。否、ルードヴィーグとのくちづけのほうが心地いい。首輪で自由を奪われていると、もっと。

「や、ぁ……、っ、……、……！」

ちゅく、ちゅく、と唇を吸われる。それだけではもの足りなくて、エルシィは彼の唇を舐めた。するとそこが開き、舌を吸われる。きゅう、と力を込められて、本当に呼吸ができなくなった。

それがいい。それが、気持ちいい。首輪が、ぎしりと音を立てた。

「ん、……、ふ……、っ、……」

くちづけの間にも、ルードヴィーグの手は止まらない。エルシィの乳首をつまみ、捻り、エルシィの反応を引き出す。両手で乳房を包み込んで、やわやわと揉む。すると、体の芯がじんと感じて、偽男根をくわえ込んでいる下半身からの快感とかちりと繋がる。

「……っ、ん、……、っ、……！」

その瞬間、エルシィは強く背を引き攣らせた。体中に愉悦が走る。絶頂に身を任せていると、ルードヴィーグが抱きしめてくる。

くちづけが深くなり、中で舌が絡みついてくる。じゅくじゅくと吸いあげられ、エルシィの体には悪寒のような感覚が走った。

「ひ、ぅ……、っ、……ん、……、っ……」

ルードヴィーグの、シャツをまとったままの胸の上でエルシィの乳房が潰される。

そうやって強く腕をまわされるのも、また快楽だ。シャツの刺繍《ししゅう》に、乳首が擦れる。むず痒《がゆ》いような感覚に、エルシィは呻くような声をあげる。

「エルシィ……」

少しだけ唇を離して、彼がささやいた。応えて目線をあげたエルシィは、彼が手を伸ばすのを見た。ぎしっ、と音がして、首の苦しさが少し緩まる。その代わりに、体の中に挿っているものが深くなって、思わず大きく息を呑む。

「っ、う……、ん、……、っ、……」

それは襞を伸ばし、中を突き破ってくる。引き伸ばされた内壁は悦び蜜を垂らすけれど、まだ足りない。いつもエルシィを翻弄し、かき乱してくる彼自身の熱さと、太さと、圧迫感にはとうてい届かない。

「あ、……、あ、あ……、っ、……」

声をあげてねだろうとしたのに、しかし唇を深く押しつけられて、また呼吸ができなくなる。首輪が先ほどよりも緩いので息の詰まる快楽はそれほどではないけれど、それでも彼の唇、抱きしめる腕に触れ合う体の感覚は、エルシィを興奮させる。もっと、もっと、と求めさせる。

「ルー、ド……ヴィー、グ……っ、……」

体を揺すると、ぎしぎしと縄の軋む音がした。それにまた煽られて、エルシィは絡める舌に力を込めた。きゅっと吸うと、ルードヴィーグが微かな呻きを洩らす。彼を感じさせられたことが嬉しくて、もう一度吸おうとすると彼の熱い舌にとらえられ、逆に唾液の音とともに吸われてしまう。

「っ、……ん、ん……、っ、……」

ルードヴィーグの手が、エルシィの体をなぞる。なにもまとわない体を締めつけているベルトに擦れる部分に触れられると、ぞくぞくとした。粟立った肌を撫でる手は下へ、突き出した臀を撫で、そのまま脚の付け根を辿って、偽男根を呑み込んで拡がった蜜口へ。縁をぐるりとなぞられて、すると怖気のような快楽が走る。

「あ、なた……、も……、っ……」

唇越しに、そう訴える。

「挿れて……、ルードヴィーグの、が……、欲しい……、っ……」

エルシィ、と彼は吐息とともにささやいた。その声が欲を孕んでいることにも怖気のような愉悦を感じた。彼は蜜口と偽男根の間に指を挿れ、指先で内壁を拡げる。するとまたどうしようもない快感が走って、エルシィは立て続けに大きく震えた。

「ルードヴィーグ……っ、……！」

懸命にエルシィがせっつくのに、唇を重ねたまま彼は笑って、ちゅくんと指を抜いてしまう。質量を失って、は、と息をつく間もなく、二本の指が挿ってくる。拡げられる感覚に声をあげるエルシィの唇を奪いながら、そこに挿ってきたのは望む熱杭だ。その温度に、エルシィは深く息をついた。

「あ、……は、……、っ、……、っ……」

じゅく、じゅく、と蜜襞を拡げる感覚は、あまりに快楽が強すぎて。エルシィは逃げようとしたけれど、拍子に首がぐっと絞まって、背をぞわりと痙攣が走っていく。

「……感じたね、今」

唇越しに、ルードヴィーグがくすりと笑う。伝わってくる羞恥はエルシィをますます高め、ずくりと挿り込んでくる彼自身を締めつけてしまう。

「もっと、感じて……？」

「っ、あ、……、……は、っ……」

水晶、木製、軽石。いろいろな素材でできた偽男根を受け挿れたことがあったけれど、同時にルードヴィーグ自身をも受け止めるのは初めてだ。指二本に拡げられながら挿ってくる彼の熱さにエルシィは震え、ずっと軽い痙攣が起こっている。

「ん、……は、ぁ……、……、っ、……」

「……っ、ん、……、……」

引き攣る襞を押し開き、ルードヴィーグが深く挿ってくる。彼の熱さが、腹側でしか感じられないのがもどかしくて、同時に限界まで拡げられることが心地よくて。ぴくりとも動かない偽男根は、だからこそ逆にルードヴィーグが熱く生きた男であり、エルシィを犯す唯一の男。エルシィの求める相手であることを教えてくれる。

「ああ、あ……、っ、……あ、あ……！」

ずん、と突きあげられる。最奥を刺激するのは、ルードヴィーグの欲望だ。もっと、もっととねだってエルシィは腰を捩る。すると木製の偽男根の表面のざらつきが襞を擦り、新たな快楽が脳裏にまで響く。続けて何度も突き立てられて、エルシィは目の前が白くなっていくのを感じていた。

「や、ぁ……、っ、……、く、……」

「達くか？　エルシィ」

はっ、と熱い吐息がエルシィの唇を包む。しっとりと濡れた感覚にエルシィはまた喘ぎ、自分もまた嬌声混じりのため息をついた。

「く……、っ、い、く……、の……、っ……！」

「エルシィ……」

突きあげられて、引き抜かれて。襞を擦られ押し拡げられ、同時に呑み込んでいる偽男根はエルシィの身の奥を突いたままで。その奇妙な感覚にエルシィは声をあげ、身じろぎをしてその先を求める。

「ああ、あ……、っ、……、っ、ぅ……、……」

「……ん、っ……」

頭の中で、なにかがぱぁんと弾ける感覚。目の前が真っ白に塗り潰されていく。抱きしめられる腕の強さに、引っ張られる首輪に苦しさを感じ、息もできなくて体が引き攣る。脳天からつま先まで稲光のような感覚が走り、意識さえも定かではなくなり。

「……シィ」

声が、聞こえる。

「エルシィ。大丈夫かい？」

じっと覗《のぞ》き込んでくるのは、蒼色の瞳だ。エルシィは重い瞼《まぶた》を開け、何度もぱちぱちとまばたきをした。

「気がついた？」

エルシィは、寝台に横になっていた。体が怠い。起きあがろうとして、ルードヴィーグの大きな手に阻まれた。

「寝ていたほうがいい。かなり……、飛んじゃってたみたいだからね」

その言葉に、なにがあったのかを思い出した。記憶は羞恥と、同時に新たに腹の奥に疼く感覚を思い起こさせる。エルシィは目だけでルードヴィーグを見て、すると彼は苦笑した。

「今日は、もうだめだ」

「今日、は……？」

掠れた声でエルシィが尋ねると、ああ、と彼は言った。

「また、してあげる。もっと……もっと。エルシィが感じられるように」

そう言いながら、ルードヴィーグは手を伸ばす。エルシィの首に触れ、そこにまだ首輪が嵌まっていることに気がついたエルシィは、また下腹部の疼痛《とうつう》を感じる。

「……お父さまは」

だから、まったく違うことを考えようとした。エルシィの言葉に、ルードヴィーグが眉根を少し寄せる。

「わたしたちのこと、お気づきにならないかしら？」

「もう、一年以上気がついていないんだ。私たちがここにいると気がつく機会はいくらでもあった。でも、気がついていない……私たちを」

そう言ってルードヴィーグは自分を、そしてエルシィを指さした。

「アフティオ伯爵《はくしゃく》夫妻だと思ってる。年老いて、宮廷行事にも出られなくなった、死ぬのを待つばかりの老人ふたりだとね」

エルシィは肩をすくめて苦笑いをした。罪悪感は、もう捨てた。エルシィの知っているかぎり、ルードヴィーグがその手にかけたのはアンセルムだけではない。彼の剣が吸ったのは、アンセルムの血だけではなかった。

「まったく、両親が健在なころに、蓄財しておいてよかった」

ルードヴィーグの言いざまが、まるで吝嗇《りんしょく》な老人のようだったので、エルシィは今度は声を立てて笑った。

「きみの父上も、私たちがこんなに近くにいるなんて。思いもしていないだろう。塔の下に宝が、とは、このことだ」

その言葉には、エルシィは笑いを潜めた。両親のことを思うと、捨てたはずの罪悪感が少しだけ蘇る。

ルードヴィーグは、アーレーシャン王国の追っ手がやってきていることを知って嘆きの塔に火を放った。あらかじめ油をまいてあった塔は、簡単に燃えた。そのうえで、ルードヴィーグはエルシィに手を差し伸べた。

ルードヴィーグに快楽を教えられた体を、灰にするのか。なによりの愉悦をくれる男とともにあることを選ぶのか。

一刻の猶予《ゆうよ》もない中で迫られた選択肢を前に、エルシィはルードヴィーグの手を取った。そして壁に紛らわせて造られた扉を開けて、地下の階段を駆けた。ねじ曲がった地下道を延々と走り、出た先はセデルマク王国の隣国、セデルマク王国を挟んでアーレーシャン王国とは逆にある隣国をわける川の縁だった。そのことに後悔はない。

「でも……あの男。出入りの商人は……」

「あの男は、金貨にしか興味がない。気づいているかもしれないし、気づいていないかもしれない。だけど今さら私たちを告発して、目をつぶっていた罪を着るよりも、私の払う金貨を取るさ」

「そうね……」

なにしろ、一年も黙っているのだ。エルシィたちのことに気づいていればとっくに報告している。そうでないのは、エルシィたちの正体に気づいていようといまいと、あの男にとって大切なのはルードヴィーグが隠しておいた、ふたりがいかに贅沢《ぜいたく》をしても一生使い切れないほどの金貨だけなのだ。

「おやすみ、エルシィ」

エルシィの、燃える夕陽《ゆうひ》のような色の髪を指先で梳《す》きながら、ルードヴィーグは言った。

「眠るといい。目が覚めたら……また、新しい一日だ」

「あなたと一緒の、一日ね」

ああ、とルードヴィーグは言う。その、エルシィにたまらない快楽を与えてくれる指は、今は優しくエルシィをあやし、眠りの世界へといざなってくれる。

「そうだよ、だからおやすみ」

低い声は、エルシィに新たな眠気を感じさせる。エルシィは目を閉じ、ルードヴィーグの声に耳を傾けた。

「かわいいエルシィ」

うたうように、彼は言う。

「永遠に……、私の、エルシィ……」

ええ、と夢の中で、エルシィは答えた。そして果てしない夢の中で、限りない快楽を味わった。

終

『傾国』という言葉がありますが、今回のヒロインはまさにそれでした。直接的に手を下したわけではないですが、一国を滅ぼしてしまったわけですからね。魔性の女は恐ろしい。無自覚だからよけいに恐ろしい。そういうお話だった、かもしれません。

というわけで、こんにちは、黒森です。じゃなくてエロ森です。じゃなくて、月森です（このネタはもういい）。前々作、前作よりもさらに黒くエロく、パワーアップしております。作品を重ねるごとに黒さとエロ度があがっていくのでこの先どこまで行くのかちょっと不安なんですが、私はこの路線で行くべきなのだ、と悟ったので、ついてきていただけると幸いです。

さて、今回の主軸テーマは、編集部からの提案でした。打ち合わせで「今度のテーマは『縛』ってどうでしょう」と伺い、そんな私の目に入ったのは『拘束少女絵巻』（一迅社刊）。これは二〇一一年の本で、当時はデビュー前でアマチュアとしていろいろ書いていたころ。本屋さんで見かけてぴぴっと来て、百％趣味で買った本だったのですが、耳にした『縛』というテーマに自室の本棚のこの本が目に入り、どうせなら本格的な拘束具で縛られている女の子がいろいろされちゃうってのはどうでしょう、と提案したのを採用していただけ、こういう形になりました。もちろん、痛かったり苦しかったりするだけじゃだめだし私が楽しくないし（！）というわけで、いろいろアレンジはいたしましたが、基本はこの本に載っている拘束具を参考にさせていただきました。この場を借りてお礼申しあげます。どこにどんなネタが転がっているかわからない、常にアンテナを張っておくのは大切だなぁ、と思い知ったいきさつでした。

それにしても、これってSM小説ですよね……って気がついたのは、最終章を書いているときでした。最初のほうはとにかくエルシィがいやがっているのであまりそうと感じなかったのですが、エルシィが行為を受け入れ始めてから「もしかしてこれって」と思い始め、改稿にいたって確信を得。さて、エロ度と黒さのパワーアップ、3P、猟奇、SMと来て、ネクストステージがどのようなものになるのかはまだ決まっておりませんが、きっと担当さんはこんな私もびっくりするようなすごいネタを持ってきてくださるに違いない！　と期待（恐怖？）しております。

謝意を。装画を担当してくださった幸村佳苗先生。妖しくも少々マニアックな世界観をうつくしく描いてくださってありがとうございました。ルードヴィーグの表情とか、エルシィの囚われた感じとか、拘束具の精密さとか、最高です！

今回、大変魅力的なお題をくださった担当さん及び乙蜜ミルキィ文庫編集部さん。そしてなによりも、読んでくださったあなたへ。本当にありがとうございます。もしよろしければ、お読みくださった感想などいただけますと嬉しいです。今後ともよろしくお願いいたします。またお目にかかれますことを願って。

月森あいら

✦ ✦

乙蜜ミルキィ文庫をお買い上げいただきありがとうございます。

この本を読んでのご意見、ご感想をお待ちしております。

〒162-0825　東京都新宿区神楽坂6-46　ローベル神楽坂ビル5F
リブレ出版(株)内　編集部

リブレ出版WEBサイトでは、本書のアンケートを受け付けております。

サイトにアクセスし、TOPページの「アンケート」から該当アンケートを選択してください。

ご協力お待ちしております。


「リブレ出版WEBサイト」http://www.libre-pub.co.jp

✦ ✦

乙蜜ミルキィ文庫

縛

王子の狂愛、囚われの姫君

2015年 2月14日　第1刷発行

著者　月森あいら

発行者　太田歳子

発行所　リブレ出版株式会社
〒162-0825 東京都新宿区神楽坂6-46
ローベル神楽坂ビル
電 話　03-3235-7405(営業)
03-3235-0317(編集)
FAX　03-3235-0342(営業)

印刷・製本　株式会社暁印刷

Printed in Japan　ISBN 978-4-7997-2496-5